PRISE PAR LES BERSERKERS

LEE SAVINO

LIVRE GRATUIT

Obtenez un livre secret sur les Berserkers, Imprégnée par les Berserkers (seulement pour les extraordinaires fans de la liste d'emails de Lee) Pour commencer, rendez-vous ici…
https://geni.us/BredBerserkerFR

PRISE PAR LES BERSERKERS

Ma mère m'avait prévenu de ne pas aller toute seule dans le petit bois. Mais quand la lune est pleine, la chaleur stimule mon sang... et elle les appelle.

Les Berserkers vinrent dans la nuit et m'enlevèrent. Je me réveillai enchaînée, à l'extérieur de la grotte de ces monstres.

C'étaient des guerriers qui, maudits par une sorcière, devinrent des bêtes enragées. Ils me déclarèrent que j'étais leur compagne. La prophétie dit que je suis la seule à pouvoir les guérir. Mais pourrais-je apprivoiser la bête qui hante leurs esprits... avant qu'il ne soit trop tard ?

CHAPITRE 1

*L*e loup se tenait au milieu du chemin forestier, s'attardant comme s'il m'attendait. Au début, je n'avais pas vu la géante créature, tachetée d'ombres, avec une fourrure si noire qu'elle paraissait presque bleue. Une fois que je l'eus vue, j'empoignai mes paniers comme s'ils pouvaient me protéger. Je pouvais jeter mes biens et courir, mais si un prédateur de cette taille me poursuivait, j'étais condamnée.

Après un intense coup d'œil dans ma direction, il s'éclipsa, me laissant tremblante de soulagement.

Si j'étais sage, je retournerais au marché et demanderais à l'un des villageois de m'escorter au travers des bois dangereux. N'importe lequel des jeunes garçons de ferme bien charpentés serait heureux de me ramener à la maison. Mes longs cheveux blonds comme le miel les attiraient comme le nectar attirait les abeilles, mais je préférais faire le chemin seule. Mes sœurs et moi vivions à l'extrémité du village et je pouvais y être avant la nuit si aucun autre loup ne me bloquait le chemin.

Un bruissement dans les broussailles me dit qu'il y avait

davantage de prédateurs rôdant, attendant une proie facile à cette heure proche du crépuscule. J'accélérai mes pas et appelai ma sœur Muriel à proximité de notre cabane.

Elle me rencontra sur le perron.

— Le marché était bien ?

Je décrochai mon fardeau et lui tendis les paniers vides.

— Assez pour acheter de la viande.

— Oh, Sabine, t'as pas fait ça, dit Muriel. Nous en avons plein avec l'offrande de ce mois-ci.

Je grognai, me pliant pour rentrer dans la cabane. Je n'avais pas acheté de viande, même si je voulais le faire, à cause du cadeau laissé sur notre seuil, le don que nous recevions chaque mois depuis que ma sœur Brenna avait disparu.

— Combien en avons-nous encore ? demandai-je, attendant dans l'embrasure de la porte jusqu'à ce que mes yeux s'adaptent au froid et à l'humidité de l'espace rempli de fumée.

Muriel se déplaça près du feu, triant les paniers et accrochant les paquets d'herbes restants.

— Il en reste 100 g. C'était du cerf cette fois.

Certains mois la viande était du sanglier ou un tas de lapins. Cela variait, mais c'était toujours assez pour remplir nos ventres pendant des jours, davantage si nous la salions et la séchions.

— Je ne sais pas pourquoi tu n'aimes pas ça.

— Je suis reconnaissante du présent.

Le mensonge avait un goût amer sur ma langue. Il fut un temps où j'avais cru que le secret de la disparition de Brenna était lié au don de viande. J'avais attendu toute une nuit une fois, pour essayer d'attraper le donateur. J'étais finalement tombée de sommeil. Juste avant l'aube, je m'étais éveillée au son d'une brindille se cassant nette. Là au sol, tellement proche que mon pied pouvait la toucher, se trouvait une carcasse de sanglier. Le chasseur l'avait laissée pendant que je dormais. Nous avions dû être trois pour traîner la bête jusqu'au foyer de la cheminée et nous l'avions taillée et mangée pendant des semaines. Je n'avais plus jamais de nouveau attendu pour attraper le donateur.

La voix de Muriel me secoua de mes pensées.

— Tu n'as pas à la manger, tu sais. Fleur et moi mangerons notre lot de viande et donnerons le reste.

— Fleur ne devrait pas manger de viande du tout si elle ne se sent pas bien. Juste du bouillon et un peu de galette d'avoine.

Plus jeune de quelques minutes, la plus petite jumelle tombait souvent malade. Ce soir, elle se blottissait dans la pile de couvertures qui constituaient notre lit, dans le coin de la cabane.

J'écartai les herbes médicinales alors que Muriel me harcelait de questions.

— Qui était au marché ? Est-ce que le prêtre t'a embêtée ?

— Rien ne sortant de l'ordinaire. J'ai vu un loup noir sur le chemin du retour vers la maison.

— Un présage malfaisant.

Je haussai les épaules.

— Aucun animal n'est vraiment malfaisant. Les loups sont souvent de bons signes avant-coureurs.

— Pourquoi n'as-tu pas demandé à l'un des hommes du village de t'accompagner jusqu'à la maison ? Tu sais que tu pourrais avoir n'importe lequel d'entre eux.

Je lui lançai un regard acéré. Muriel, la jumelle la plus âgée, paraissait bien trop maligne pour ses seize ans.

— Les hommes du village sont des idiots.

— Alors comment vas-tu te marier à l'un d'eux ?

— Je ne le ferai pas. Je ne me marierai jamais. L'amour est insensé. Cela affaiblit l'esprit.

— Qu'en est-il de nous alors ? Je veux tomber amoureuse, demanda Fleur d'une voix faible.

Je forçai un sourire pour mes deux sœurs.

— Et tu le feras. Muriel et toi trouverez votre véritable amour. Je m'en assurerai.

Je pris une voix forte et grave, captivante alors que je racontai l'histoire.

— Des hommes forts qui vous construiront une maison avec les arbres géants du fond de la forêt. Ils vous sculpteront un lit à même un arbre vivant et chaque enfant que vous porterez survivra.

— Tu n'en veux pas un alors ? Un homme ?

Je me mordis la langue contre mes vraies pensées. Les hommes étaient des idiots, trop de problèmes à supporter. La moitié du temps, ils se comportaient comme des enfants et l'autre moitié comme des brutes enragées. J'avais regardé ma mère craquer pour un homme qui la battait et essayait de peloter ma sœur qui l'avait supporté silencieusement, nous protégeant jusqu'à ce qu'elle disparaisse. Mon beau-père avait été mutilé par une bête peu après que Brenna ait été portée disparue. J'avais ri quand j'avais trouvé le corps.

— Un homme ? Je ne serais jamais satisfaite. Peut-être deux, s'ils étaient aussi beaux que brillants.

— Deux hommes ? En même temps ? dit Fleur en plissant le nez.

— Pourquoi pas ? la taquinai-je. Je peux les envoyer ensemble, chasser ou grogner ou roter. Et, je les ferai supplier de demander la permission de revenir chez moi.

Fleur rigola, mais Muriel resta silencieuse. Quand je m'affairai autour du feu, elle me coinça et parla à voix basse.

— C'est la pleine lune ce soir. Iras-tu au petit bois ?

— Peut-être.

Ma sœur ravala un souffle.

— Sois prudente.

Au lieu de répondre, je me baissai et vérifiai la viande non désirée. Elle arrivait à notre porte fraîche de la chasse, sanglante, comme si elle avait été arrachée du corps de l'animal. Muriel la rôtissait avec du romarin et d'autres épices et l'odeur me faisait saliver. Jetant un regard noir, j'en coupai un bout pour mon dîner.

Au début, j'avais refusé d'en manger comme si, rejeter la viande me ramènerait ma sœur. Ma mère m'avait qualifiée d'idiote.

— Ta sœur Brenna est morte, m'avait-elle dit. Tu as deux jeunes sœurs à t'occuper. N'importe quelle nourriture est la bienvenue.

J'avais attendu jusqu'à ce que ma mère soit sur son lit de mort pour lui révéler ce que je savais au plus profond de moi. Quelque part, d'une manière ou d'une autre, Brenna était en vie. Je ne savais pas pourquoi, mais je le savais.

Ma mère avait soupiré.

— Une fée. Comme ta grand-mère. Elle avait la magie de la terre. L'élément lui disait des choses. Ta grand-mère savait qu'elles étaient vraies, mais elle ne pouvait pas expliquer pourquoi.

Ma mère m'avait empoigné la main avec la sienne, décharnée.

— Sois prudente, Sabine. La connaissance de ta grand-mère ne l'a pas sauvée quand ils l'ont brûlée au bûcher.

— Sabine, m'as-tu entendue ? demanda Muriel, penchant sa tête proche de la mienne afin que Fleur ne puisse pas entendre.

— Il y a une bête dangereuse dans les environs. C'est peut-être le loup que t'as vu. Père Benton est sorti une nuit pour les vêpres et a trouvé toutes ses chèvres massacrées.

La dernière fois que Père Benton m'avait parlée, il m'avait accusée de flirter avec le diable.

— Quelle horreur. Pauvres chèvres.

Muriel fronça les sourcils en me regardant. Les cheveux noirs avec des yeux gris, elle devenait une beauté et avait tant d'esprit... quand sa gentillesse ne l'empêchait pas de l'utiliser, bien sûr. Je la gardais à la maison autant que possible, pour empêcher les hommes du village de la remarquer. Certains hommes étaient pires que des loups.

— Je serai prudente, Muriel. Tu sais aussi bien que moi que j'ai besoin d'y aller.

Bouche serrée, Muriel m'étudia un moment avant d'acquiescer. Elle comprenait.

J'attendis jusqu'à ce qu'elle et Fleur soient endormies, avant de m'éclipser de la cabane à la recherche de solitude.

Une fois par mois, la chaleur me prenait. Une malédiction de la déesse, comme l'appelait ma mère, même si elle ne semblait pas en souffrir aussi intensément que moi. Dans ma jeunesse, je me serais abandonnée au désir sexuel et aurais trouvé un homme pour assouvir la douleur entre mes jambes, mais ces derniers mois, j'étais partie toute seule dans la forêt, à l'écart du village. Le désir en moi n'était pas satisfait par une simple partie de jambes en l'air, il avait faim des bras d'un homme fort, une rencontre dans un lieu sauvage et secret.

La lune se leva et me trouva enfoncée jusqu'à la taille dans le bassin forestier, nettoyant ma peau fiévreuse avec de l'eau. Je fredonnai un peu en nageant.

J'avais tout juste quitté le bassin et enfilé mon fourreau quand je regardai de l'autre côté du ruisseau et vis les yeux dorés d'un loup. Mes jupons tombèrent dans l'eau.

— Idiote de fille.

Je pouvais entendre ma mère parler.

— Dehors seule, si tard.

Lentement, je fis un pas en arrière. Le loup resta où il était. Un autre pas, et un autre, et contre toute attente, la bête me laissa partir. Des prières marmonnées à la déesse, je rampai à reculons vers le chemin par lequel j'étais venue.

Je parvins jusqu'à la limite du petit bois quand je sentis un vent dans mon dos, un souffle puissant qui envoya des frissons le long de ma colonne. N'osant pas regarder en arrière, je ramassai mes jupons et courus.

Les lumières de la cabane dansèrent devant moi. J'émergeai sur le chemin principal uniquement pour que des bras forts comme des rubans de métal s'enveloppent autour de moi.

Mon attaquant me tira en arrière alors que je me tortillais et donnais des coups. Une main se plaqua sur ma bouche. La panique s'engouffra dans ma gorge. Mes jambes frappèrent l'air violemment alors qu'il me traîna vers les bois.

— Non, non, criai-je de façon étouffée alors que les arbres remplirent ma vision.

Je perdis de vue la cabane familiale. Quelques pas supplémentaires et la lumière de la bougie sur la fenêtre disparut dans l'obscurité.

Je me vengeai sur lui aussi fort que je pouvais, espérant faire quelques dégâts. La main me prenant sur mon cou se serra en avertissement.

— Sabine, grogna la voix grave en disant mon nom.

Je m'immobilisai sous le choc.

- Reste tranquille.

— S'il vous plaît, essayai-je de supplier, mais quand je ne pus sortir un mot, mes bras et mes jambes s'agitèrent dans tous les sens en panique.

La main à ma gorge se resserra, coupant mon cri. Après quelques coups de plus, le monde s'estompa et tout devint noir.

* * *

JE ME RÉVEILLAI ENDOLORIE, mon corps me faisant mal. Mes yeux encore fermés, je commençai à appeler Muriel pour qu'elle aille vérifier les œufs des poules et ma gorge demanda de l'eau. Ma tête martelant, je tendis le bras vers les herbes médicinales que je gardais près de notre lit pour la maladie de Fleur. Rien.

J'ouvris les yeux. À la place de la cabane, j'étais étendue sur le sol d'une grande grotte, enveloppée dans une robe de fourrure. Je sentis l'air frais du matin sur mon visage. Étais-je restée dehors toute la nuit ?

La terreur de la nuit dernière revint en m'inondant. La voix grave grognant mon nom, la main autour de ma gorge. Alors que je jetai un coup d'œil autour de la large gueule de la caverne et la contrée sauvage au-delà, je réalisai que mon cauchemar était réel.

De la peur se rua en moi et je me mis debout, me précipitant vers la forêt. Ma fuite fut écourtée quand ma jambe se déroba sous moi. Je regardai en arrière et vis la chaîne autour de ma cheville.

— Non, soufflai-je, les doigts tirant sèchement sur les lourdes menottes. Non, non, non.

Mon attaquant avait dû m'amener dans cette grotte au milieu de la nature et m'avait enchaînée comme sa prisonnière. Un loup arracherait son pied de ses dents pour se libérer. Je ne pouvais me résoudre à rien de plus que m'asseoir en tremblant sur le sol.

Je n'attendis pas longtemps. Mon ravisseur émergea des bois, avançant à pas feutrés, pieds nus. Je me levai, agrippant la robe autour de moi.

Dans la lumière du matin, son visage était tout aussi terrifiant que la nuit passée, décharné et cruel, tranchant comme une lame, robuste, et couvert d'une barbe de trois jours. Il portait une culotte de cuir, mais ses pieds et sa poitrine étaient nus. Des tatouages bleutés étaient entortillés sur chaque centimètre de son corps, ses bras, ses mains, même ses pieds. Les marques d'une ancienne tribu lointaine d'Alba.

Mon cœur tambourina douloureusement alors qu'il s'approcha, mais il porta seulement sa brassée de bois à brûler en passant à côté de moi jusqu'au grand foyer entouré de pierres. Quand il se leva, enlevant la poussière de ses mains, son regard croisa le mien tel un coup de poing. Mes mains se serrèrent, mais je refusai de détourner le regard.

Finalement, il se baissa, ramassa un seau et me l'apporta, l'installant à quelques pas, là où je pouvais l'atteindre malgré la chaîne.

— Tu dois être assoiffée, grinça-t-il. Bois.

J'attendis jusqu'à ce qu'il recule avant de me forcer à marcher vers l'avant et faire comme il l'avait ordonné. L'eau était fraîche. Pas de poison, cependant si mon ravisseur voulait me tuer, il n'aurait pas à recourir à ça. Il se tenait tel un guerrier prêt pour la bataille, le visage neutre et le corps musclé tendu, prêt à combattre. La puissance dans ses bras musclés m'avait traînée de force depuis le pas de ma porte. Quand j'avalai, je réalisai que sa poigne avait couvert de bleus ma gorge.

— Qui es-tu ? m'étranglai-je. Pourquoi suis-je ici ?

— Mon nom est Maddox et je viens d'Ériu.

Il nomma l'île se trouvant à l'ouest de mon Alba native

— Et tu es là parce que je t'ai emmenée ici, ajouta-t-il avant de me tourner le dos et de s'occuper d'allumer le feu.

Je bus une autre louche remplie d'eau. Mon reflet sembla effrayé, alors je calmai mes traits et bus lentement, jetant des coups d'œil pour trouver une façon de m'échapper.

— N'essaye pas de t'enfuir, dit Maddox sans lever les yeux. Les bois sont remplis de monstres.

Il pencha la tête et me montra rapidement un sourire qui

congela mon sang. Ses canines semblaient plutôt tranchantes.

— Ou peut-être que j'ai répandu cette rumeur pour garder tout le monde à distance.

Je me levai debout, ayant besoin du courage que ma taille me donnerait.

— Si tu ne veux pas de visiteurs, pourquoi suis-je là ?

Maddox se mit debout et avança vers moi en faisant des pas mesurés. Ma tête se renversa alors qu'il se dressait au-dessus de moi.

— Tu n'es pas qu'une simple visiteuse.

Il s'arrêta à une longueur de bras. Plus grand d'une tête et plus large de moitié, il pouvait facilement me maîtriser. Et, il l'avait fait. Au lieu de battre en retraite, je me crispai et serrai les dents pour camper sur mes positions. S'il me voulait ici, il pouvait gérer mon attitude de défi. Sinon, je mourrai.

— Que suis-je alors ?

— Une amie.

Son regard tomba sur ma poitrine et je tirai encore plus la robe pour qu'elle couvre la grosseur de mes seins. Faisant face à ce grand guerrier tatoué avec des yeux sauvages, tout en moi frémit.

Il tendit le bras vers moi. Je tressaillis, mais le laissai caresser quelques cheveux dorés sur ma joue. Son visage s'adoucit alors que ses doigts taquinaient mes cheveux.

— Amie ? me moquai-je. Enchaînes-tu tous tes amis ?

Sa tête s'inclina sur le côté alors qu'il considérait ma question. De si près, il sentait la fumée, le bois sauvage et l'homme.

Incapable de rester immobile plus longtemps, je reculai. Le tintement de ma chaîne sembla l'éveiller.

Il laissa tomber sa main et marcha vers la forêt, jetant sa réponse par-dessus son épaule.

— Oui.

* * *

La nuit était en train de tomber quand Maddox revint. J'avais passé la journée au soleil, aussi loin que possible de l'obscurité de la grotte. Ma chaîne ne me laissait pas atteindre le feu. Cependant, j'avais trouvé un rocher et frappé la chaîne contre, essayant de trouver un point faible qui briserait mes liens. Plus tard, je m'étais mise hors de moi, égratignant la pierre qui fixait la chaîne avec mes ongles jusqu'à ce qu'ils saignent.

Finalement, je m'assis sur le rocher, me forçant à respirer profondément. J'étais une prisonnière, mais mon ravisseur ne semblait pas malveillant envers moi. Il m'avait même parlé. Peut-être que je pouvais le raisonner.

Avec le reste d'eau, je nettoyai le sang de mes mains et essuyai mon visage. Je peignis mes cheveux avec mes doigts et passai un long moment à les tresser et les retresser. Je ne paniquerais pas. J'étais Sabine, considérée comme la plus charmante femme du village et une guérisseuse aux pouvoirs grandissants constamment. Mes herbes médicinales étaient convoitées aussi bien par les nobles que les paysans. Je pouvais survivre à ça.

Cela n'empêcha pas mon cœur de trébucher frénétiquement quand Maddox sortit des bois en marchant de son silencieux pas de chasse. Cette fois, il portait un grand daim suspendu sur ses épaules. Une bête de cette taille serait difficile à porter pour un homme ordinaire, mais Maddox marcha sans effort jusqu'au feu.

La gorge sèche, je considérai le guerrier tatoué vidant la carcasse et en faire une broche. Son long couteau déchira la chair. La violence ajoutée à ma situation délicate me rendit malade et je détournai le regard.

— N'aie pas peur, Sabine.

Je sursautai au son de sa voix.

— Je ne te ferai pas de mal.

Ma main alla à ma gorge, endolorie de ses doigts blessants.

— Tu l'as déjà fait.

— C'était nécessaire.

Je marchai vers lui jusqu'à l'extrémité de ma chaîne pour prouver que je n'avais pas peur.

— Tu aurais pu me laisser tranquille.

Ses yeux dorés m'épinglèrent soudainement.

— J'ai besoin de toi.

— Pourquoi ?

— J'ai besoin d'une guérisseuse.

Je pris une profonde inspiration.

— Alors, je t'examinerai.

— Je ne suis pas malade.

Il harponna un morceau de viande avec son couteau et me le tendit.

— T'as faim ?

C'était le cas, mais je ne pensais pas pouvoir avaler quoi que ce soit. Mes mains luttèrent pour ne pas se fermer en poings à sa réponse désinvolte.

— Pourquoi ne me laisses-tu pas simplement partir ?

Il ne répondit pas, mais continua à trancher des bouts de viande et à les déposer dans un bol. Finalement, il m'approcha et me le tendit.

— Mange, petite sorcière. Tu as besoin de ta force.

L'odeur de nourriture me donna encore plus faim. Et, il avait raison. J'avais besoin d'énergie pour planifier ma fuite. Pourtant, la victoire dans son expression quand je lui pris le bol, me donna envie de le lui jeter à la figure. Il m'avait donné les meilleurs morceaux de la viande et à cause de ma faim, cela sembla être le meilleur repas de ma vie. Maddox sourit en me regardant dévorer les aliments.

— C'est bon ? grogna-t-il.

— Oui, dis-je d'un air renfrogné.

S'il attendait des remerciements, il pourrait mourir avant de les recevoir.

Me forçant à manger plus doucement, je pris de petites gorgées dans le seau entre les bouchées. Ma gorge était moins douloureuse. Je souhaitais presque qu'elle me fasse encore mal, comme un rappel pour que je haïsse mon ravisseur, au lieu d'en être intriguée. Il m'avait étranglée jusqu'à perdre connaissance. Je devrais craindre ce guerrier, mais sa voix grave et son élocution parfaite étaient dignes d'un chef, beaucoup plus civilisé que les abords grossiers.

Même ses mouvements autour du feu de camp étaient gracieux, efficaces. Il avait installé davantage de bois à proximité, où il pouvait l'atteindre et alimenter le feu pour en faire un vif brasier qui éloignait le froid et les mouches. Pour un robuste guerrier, il semblait bien trop intelligent. Même sa parole était lente, manquait de naturel, aussi gutturale que le grognement d'une créature sauvage.

La petite pitié que j'avais pour lui me mit en colère. Il n'était pas la victime. Je l'étais.

— Quel genre d'homme fait d'une grotte sa maison, tel un animal ?

Je tressaillis quand son ombre tomba sur moi. Mais, il attrapa seulement mon seau d'eau.

— Je pense que tu le sais, Sabine.

Un frisson me traversa en entendant mon nom. Je n'osais toujours pas lui demander comment il le connaissait.

— Un barbare ?

— Un paria.

Quand il revint avec davantage d'eau, mon ventre plein me donna du courage.

— Il doit y avoir erreur. Tu ne peux pas vouloir me garder ici. Que puis-je te donner ?

Il m'étudia comme s'il réfléchissait à ce qu'il allait me dire.

— Tu es un cadeau suffisant.

Je tirai la couverture d'ours plus proche de moi.

— Que vas-tu faire de moi ?

— Te garder en sécurité, au chaud et nourrie.

— Et enchaînée.

Je secouai ma cheville.

— Pour le moment.

Je me tus à ces paroles. Pas de chaîne signifiait que je pourrais m'échapper. Je me demandais quel comportement mériterait ma liberté. Maddox sourit comme s'il connaissait mes pensées.

— Donc, je suis ton animal de compagnie, dis-je d'un ton sec.

Il ne répondit pas, garda juste ce sourire froid alors qu'il alimentait le feu. J'imaginai le faire disparaître de son visage pendant que je pensais à une question qui ne lui donnerait pas une autre chance de jouer avec moi.

— Je ne comprends pas. Je suis juste une simple villageoise. Je n'ai rien. Je ne suis rien.

— Tu as de la magie.

— Je n'ai pas…

— Ne me mens pas.

Son sourire disparut.

— Je ne le permettrai pas.

— Je ne mens pas. Je cultive des herbes médicinales et fais des tonifiants de guérison. Qu'ils fonctionnent ou non, en revient à la déesse.

— Tu ne connais pas ton propre pouvoir.

— Tu as commis une erreur.

— Le temps le dira.

Se penchant, il ramassa le rocher sécurisant ma chaîne comme si c'était un simple galet, et le porta plus loin dans la grotte.

— Non.

J'attrapai la chaîne et la tirai sans effet.

— S'il te plaît. S'il te plaît, ne me fais pas aller là-dedans. Je veux rester dans la lumière.

Ignorant mes supplications, Maddox porta la pierre dans la grotte sèche, me traînant avec malgré mes tentatives de résister. Finalement, je m'assis sur le sol dans l'obscurité, à deux doigts de m'autoriser à pleurer. C'est ce que j'avais gagné, à défier mon ravisseur. Il ne m'avait déplacée que de quelques mètres à l'intérieur de l'abri de pierre, mais j'aurais préféré rester à l'extérieur au milieu des éléments. Sans le soleil sur mon visage, mes espoirs s'épuisèrent.

— N'aie pas peur, petite sorcière. Tu es en sécurité, pour le moment.

Il se dirigea vers l'entrée de la grotte.

— Attends, dis-je en me mettant sur mes pieds, ma voix résonnant dans l'espace clos. Tu pars ?

Dans cet endroit, mon ennemi était ce que j'avais de plus proche d'un ami.

— C'est plus sûr pour toi si je ne suis pas là.

Après qu'il partit, je m'assis en silence près du feu, serrant les mains. Mon ravisseur ne m'avait pas vraiment fait de mal, même s'il ressemblait plus à une bête qu'à un homme. Peut-être que je pouvais survivre à ça. Je le devais, pas seulement pour moi, mais pour Muriel et Fleur. Elles se demanderaient ce qu'il m'était arrivé, peut-être s'inquiétant de mon sort et du leur. Elles n'étaient que deux adolescentes, mais j'avais toujours pris soin d'elles, les avaient nourries, les avaient gardées en sécurité. Que se passerait-il pour elles si j'étais partie pendant longtemps ? Si, que la déesse le pardonne, je mourais dans cet endroit ?

— Je ne mourrai pas, me murmurai-je à moi-même.

Je vivrais pour m'échapper et me venger du guerrier au sourire suffisant qui m'avait traînée dans cet endroit perdu.

Alors que le soleil sombrait derrière les arbres, j'explorai, aussi loin que la chaîne le permettait. Plus profondément dans la grotte, il y avait un sol de sable menant à une paillasse avec une pile d'anciennes couvertures de fourrure puantes. L'odeur de moisi remplissait la grotte, atténuée par la fumée du feu. Je retournai pour me blottir aussi proche du brasier que je le pouvais, reconnaissante pour la robe en fourrure que Maddox m'avait donnée. Celle-là, au moins, était propre.

Alors que la lune se levait, je priai la déesse de protéger mes sœurs et moi-même. Les sons de la forêt remplirent mes oreilles, comprenant un appel provenant des collines au loin, sauvage, adorable et seul à en pleurer.

Je m'endormis sous les hurlements des loups.

Je me réveillai au lever du soleil, et m'étirai à l'endroit où je m'étais recourbée contre la pierre qui me gardait enchaînée. Maddox avait posé le seau près de moi, rempli d'eau fraîche. Ce n'était qu'après avoir bu et lavé mon visage, que je réalisai avoir eu un autre visiteur durant la nuit. À côté de la pierre, près de l'endroit où j'avais dormi, se trouvait une énorme empreinte de pas, son envergure plus grande que ma tête. Pas celle d'un homme. Celle d'un loup.

CHAPITRE 2

*M*addox me retrouva à faire les cent pas devant le feu, la chaîne tintant dans mon sillage.

— J'ai eu un visiteur, lui dis-je en pointant l'empreinte, puis en serrant ma main en poing pour l'empêcher de trembler.

Il s'approcha et s'agenouilla pour observer la géante empreinte de loup.

— Il t'accepte. C'est bon signe.

— Bon ? Tu m'as laissée... ta guérisseuse... à la merci d'une bête dangereuse. Enchaînée, incapable de m'enfuir. Tu dois me laisser partir ou me donner une arme.

— Je ne peux pas. Une arme ne te mettra pas plus en sécurité. C'est mieux que tu sois sans défense.

— Mieux ? coassai-je.

J'avais déjà cherché dans la grotte. Il n'y avait aucune pierre que je pouvais soulever et utiliser comme arme, rien avec lequel je pourrais me battre. Je ne pouvais même pas atteindre le feu, d'où je pourrais hisser une torche enflammée, pour voir approcher mon destin tragique.

— C'est une mise à mort.

— T'armer le provoquera. S'il est amené à être apprivoisé, ce ne sera pas avec une hache ou une épée.

Mes poings se fermèrent. Maddox bougea pour ajouter du bois dans le feu et je suivis du mieux que je pus avec la chaîne traînant derrière moi.

— Ce n'est pas un chien qui peut être domestiqué. C'est un loup, une chose sauvage et dangereuse.

Ma voix fit écho sur les murs de la grotte.

— Et pourtant, il est également mon ami. La bête a pris le contrôle il y a plusieurs mois, mais je crois que l'homme en lui est toujours en vie.

Je déglutis.

— Cette bête est aussi un homme ?

J'avais entendu parler de telles créatures, des hommes qui pouvaient se transformer en loups. Je pensais que c'étaient juste des histoires racontées pour effrayer les enfants turbulents et les décourager d'aller errer trop loin dans les bois.

À présent, en faisant face au guerrier robuste qui était apparu après que j'ai vu un loup à deux reprises, je n'étais pas sûre.

Je rongeai ma lèvre en allant étudier la patte de loup. Ma main entière, les doigts écartés, rentrait dans l'empreinte la plus grande.

Maintenant que j'y pensais, les histoires prévenaient que la bête qui donnait du pouvoir aux guerriers pouvait aussi prendre le dessus sur leurs esprits.

— C'est celui que vous voulez que je guérisse ?

Il acquiesça, paraissant presque content que je comprenne à présent. Je voulais l'étrangler de ne pas l'avoir expliqué plus tôt. Peut-être qu'il pensait que je ne le croirais pas si je ne le voyais pas avant.

— En le sauvant, tu sauves bien plus de vies. Les vies de ses hommes, de sa meute. Les vies de tes sœurs et de n'importe quel autre innocent qui se trouverait devant la rage de la bête.

— Mais… tu ne me donneras rien pour le combattre ?

— Tu as tes sens. Tu as ta connaissance des herbes et des tonifiants qui guérissent.

Ses yeux descendirent brièvement sur ma poitrine, se glissant sous mon vêtement de peau.

— Tu as ton charme, ta jeunesse et ta beauté.

Je secouai la tête.

— Tu me condamnes à mort.

En un clin d'œil, Maddox se tint devant moi, un regard féroce sur son visage. Je grimaçai quand sa main se leva, mais son doigt traça seulement ma joue.

— Je n'ai pas erré loin la nuit dernière, dit-il. S'il t'avait menacée, je l'aurais tué. Je te protègerai jusqu'à mon dernier souffle.

Je dégageai ma tête de son toucher.

— Tu m'as enchaînée ici pour appâter un monstre.

Il laissa tomber sa main.

— Oui, grinça-t-il. Tu es un appât, mais pas pour un monstre. Une nuit, et tu as déjà amené mon ami hors des ténèbres. Tu es la seule qui peut le guérir, Sabine. Et, à moins que tu souhaites déchaîner une bête qui dévastera cette île, tu dois réussir.

* * *

Je m'assis et réfléchis aux mots de Maddox, alors qu'il s'activait autour du feu. Cette fois, il embrocha plusieurs poissons et m'en donna un pour casser mon jeûne.

— Pourquoi ne pas simplement le tuer ? Tu as dit que tu me protègerais de la bête. Pourquoi ne pas le détruire, puis nous libérer, mes sœurs et moi ? Nous pourrions tous vivre en paix, à l'abri du monstre.

— Ragnvald.

— Quoi ?

— Son nom est Ragnvald, dit Maddox d'un ton dur. J'aurais pu le tuer une multitude de fois. Une fois, il a même dévoilé son cou sur ma lame et a supplié que je le fasse.

Mon cœur se serra.

— Pourquoi n'as-tu pas laissé entrer la lame ?

— Nous partageons un lien plus étroit que celui de frères. Je dois essayer de le sauver.

J'enlevai les arêtes de mon poisson, ne voulant pas regarder mon ravisseur dans les yeux. Il paraissait calme, mais la douleur dans ses yeux exprimait le désespoir, l'impuissance.

— Si c'était l'une de tes sœurs, Sabine, ne ferais-tu pas la même chose ?

Je voulais le haïr. Je voulais le qualifier de cruel, mais plus j'en apprenais sur lui, moins il semblait dépourvu de sentiment.

— Je ferais n'importe quoi pour mes sœurs.

— Bien.

Il jeta ses propres arêtes de poisson dans le feu.

— Guéris mon ami.

CETTE NUIT, je dormis par intermittence, levant souvent ma tête pour voir si le loup était revenu. Ragnvald ne vint pas. À l'aube, j'étais épuisée et je me roulai en une boule serrée, priant la déesse de m'aider.

Quand je me réveillai et m'étirai, mes jambes semblaient légères. Me baissant, je découvris que je ne portais pas la chaîne.

Sans m'arrêter pour me demander pourquoi, je me lançai sur mes pieds et courus jusqu'à l'embrasure de la grotte.

J'atteignis la forêt avant d'entendre Maddox hurler.

— Sabine, non !

Mes jambes accélérèrent un peu plus, me portant dans la forêt. Des broussailles me fouettèrent le visage et les bras, et je poussai l'allure, mes oreilles remplies de mes halètements rauques.

Un grognement résonna derrière moi et je criai presque de terreur.

— *Les bois sont remplis de monstres,* me rappelai-je, l'avertissement de Maddox sonnant à mes oreilles.

Une forme noire se précipita sur mon chemin.

Je changeai de direction, fuyant frénétiquement, m'écrasant dans un ruisseau et trébuchant quand mon pied glissa sur les rochers.

Maddox m'attrapa autour de la taille et nous emmena tous les deux au sol. Je luttai, hurlant à présent, mes mains creusant la terre à la recherche de la liberté.

— Reste tranquille, grogna mon ennemi, me hissa contre sa silhouette ferme, mon dos sur son devant.

Ses mains allèrent à ma gorge.

— Non, non.

Je me débattis violemment contre lui. Il serra, mais pas assez pour m'étouffer. Son autre bras serpenta autour de ma taille et me souleva. Je griffai les liens tatoués.

— Laisse-moi partir, s'il te plait. S'il te plait, laisse-moi.

— Reste tranquille, grogna Maddox et ma colonne devint liquide.

Doucement, il me tourna dans ses bras pour lui faire face. Je m'exclamai à la vue de la fureur dans ses yeux dorés. Ma mort y était écrite.

— S'il te plait, chuchotai-je.

— Chut, répondit-il, inclinant ma tête et pressant son visage sur ma gorge.

Nous respirâmes ensemble, mes deux halètements super-ficiels pour chacune de ses profondes expirations.

Je savais que la bête qui avait son ami sous son emprise pouvait tout aussi bien revendiquer Maddox.

QUAND IL ME RELÂCHA, je chutai presque au sol de soulagement. Il m'attrapa et enroula l'épaisse longueur de mes cheveux autour de sa main, les utilisant telle une laisse pour me tirer en avant. À moitié courbée, effrayée de ne pas garder mes pieds sous mon corps, il me traîna tout de même.

Quand, finalement, je trébuchai, il se tourna à une vitesse éblouissante, m'attrapa et me balança dans ses bras. Je me blottis contre lui, mon plus grand ennemi, mon seul réconfort.

De retour dans la grotte, il me posa sur le dos, mais ne libéra pas ma jambe jusqu'à ce qu'il torde de nouveau la chaîne autour de ma cheville. Aussitôt qu'il la lâcha, je glissai mes genoux contre ma poitrine et y cachai mon visage. Enroulée en boule, je laissai couler mes larmes.

Quand je levai la tête, Maddox était agenouillé devant moi. La lueur dans ses yeux s'était affaiblie. Il ne paraissait pas en colère, juste... triste.

Quelque part, sa déception était plus difficile à regarder devant moi.

— Je devais essayer. Je le devais, hoquetai-je, pas certaine de savoir pourquoi je ressentais le besoin de m'expliquer.

Il ne répondit pas.

— S'il te plait, dis quelque chose.

Il tendit le bras et je tressaillis, mais il leva seulement ma jambe. Tenant mon pied sur ses genoux, il prit un chiffon dans le seau à proximité et lava ma jambe pour y enlever la boue et les feuilles. Je remarquai les coupures sur mes bras et le bas de mon pied alors qu'il les lavait et y appliquait de la pommade.

— Je suis désolé, grinça-t-il d'une voix qui semblait ne pas avoir été utilisée depuis une éternité. Mon contrôle... a dérapé.

La peur fit ressortir mon caractère.

— Tu m'as mise en garde des monstres. J'aurais dû deviner que tu étais le plus grand d'entre eux. Toi et ton... ami dans la grotte.

Ignorant son silence blessé, je retirai mes membres d'un coup sec. Il restait encore l'ennemi. Je devais m'en souvenir.

Maddox posa une peau pour que mes jambes égratignées s'y reposent et installa un seau d'eau fraîche à côté de moi.

— Pourquoi tu fais semblant de te soucier de moi ?

— Tu es notre dernier espoir.

J'inclinai de nouveau la tête, ne voulant pas le regarder plus longtemps. Ce blâme dans ses mots était une gifle sur mon visage.

Quand il s'agenouilla pour finir les bandages, je m'écartai de lui.

— Ne me touche pas. Je te déteste.

Je ressemblais à un enfant grognon.

— Déteste-moi autant que tu veux, dit Maddox d'une voix plus claire. Tu ne partiras pas.

Ses mains tombèrent sur les menottes.

— Ta liberté ne vaut pas la vie de mon ami.

Je renâclai.

— Si tu es une guérisseuse, tu as fait un serment. Ou ne guéris-tu que ceux qui le méritent ?

Choquée qu'il ait même connaissance du serment que j'avais fait, je secouai la tête.

— Je guérirais même mon pire ennemi.

Je me maudis au triomphe sur son visage.

— Mais, tu mets trop d'espoir dans mes pouvoirs.

Que se passerait-il si j'échouais ? Casserait-il mon cou d'un coup sec comme il l'avait voulu quelques minutes auparavant ?

Son expression devint plus tendre. Il prit mon menton et de la chaleur bondit entre son corps et moi. Mon cœur s'emballa.

— Je te fais confiance.

— Pas assez pour me libérer.

— Les bois sont dangereux.

Il fit une pause pour froncer les sourcils en direction de la chaîne, comme s'il se demandait comment je m'étais libérée.

— La chaîne était partie quand je me suis réveillée.

Maddox avait tordu le fer à nouveau autour de ma cheville, comme si elle était faite de paille et non de métal. Quel homme était assez fort pour faire ça ?

Maddox s'assit sur ses talons, palpant la chaîne.

— Ragnvald. Jouant des tours.

Il sourit.

— Tu as un champion.

— Pourquoi me libèrerait-il ?

Le monstre était venu dans la nuit et m'avait libérée. Je ne l'avais même pas entendu et avais encore moins senti son contact dans mon sommeil. Le froid s'installa sur mes membres nouvellement lavés et quand je frissonnai, Maddox borda la robe d'ours autour de mon corps.

— Il pense qu'il ne mérite pas d'être sauvé. Juste ça, prouve qu'il peut être sauvé, qu'il n'est pas perdu trop loin.

* * *

MADDOX RESTA à proximité alors que mon corps tremblait pour faire sortir la panique. Épuisée, je m'étendis et essayai d'éviter de m'attarder sur ma fuite déjouée. Bien sûr, mon ravisseur, un dur guerrier musclé dans la fleur de l'âge, me pisterait et m'attraperait. J'essayai d'oublier la façon dont ses bras avaient semblé verrouillés autour de mon corps.

— Je dois y aller, dit Maddox. Je serai de retour avant le coucher du soleil. Ragnvald est assez sain d'esprit pour te protéger. Tu es suffisamment en sécurité dans la grotte.

Je refusai de répondre. Mon seul espoir était que cet homme-loup, Ragnvald, me libère à nouveau.

Maddox continua comme s'il lisait dans mes pensées.

— Ragnvald ne détachera pas à nouveau la chaîne. Nos esprits sont de nouveau liés. Il sait à quel point nous avons besoin de toi.

Je restai allongée toute la journée et réfléchis à cette déclaration énigmatique. Je somnolai la plupart du temps, mon corps épuisé, conséquence de l'excitation.

Quand Maddox revint à la tombée de la nuit comme promis, j'étais allongée avec les yeux à moitié fermés, le regardant. Quand il vint à proximité pour déposer un bol de ragoût à côté de moi, je roulai sur le côté, loin de la nourriture.

— Tu as besoin de manger.

— Je n'en veux pas.

L'odeur puissante fit mal à mon estomac, mais je restai statique. Après de longues minutes, il revint pour se tenir au-dessus de moi.

— Sabine.

— Je ne peux pas m'échapper, mais je peux refuser de manger ou de boire. M'affamer pour te contrarier.

— Tu ne le feras pas.

Je me calai pour lui faire face.

— Tu ne me connais pas. Tu connais mon prénom, mais tu ne me comprends pas.

Maddox s'accroupit près de moi. Ses tatouages tissaient un motif fascinant, l'histoire de sa vie. Une main souleva une boucle de mes cheveux, la tenant, mais ne la tirant pas. Puis, il agrippa ma chevelure blonde dans sa main comme la poignée d'une dague, un jouet, son bien.

— Je t'ai observée un long moment, Sabine. Je te connais mieux que tu ne le penses.

Me levant, je retirai mes cheveux de son emprise, laissant quelques cheveux dorés dans son poing.

— Alors tu sais que ma volonté est forte. Assez forte pour faire comme j'ai dit.

— Tu ne le feras pas. Tu resteras en bonne santé et tu feras comme je dis, moi.

— Pourquoi ferais-je ça ?

— Parce que si tu ne le fais pas, tes sœurs jumelles en paieront le prix.

Il se leva et recula alors que la peur s'accrocha tel un poing autour de mon cœur.

— Qu'en est-il de mes sœurs ? Les as-tu touchées ?

— Elles sont avec mes hommes, dit-il. Et elles sont en sécurité. Pour le moment. Aucun mal ne leur sera fait, si tu obéis.

Je bondis sur lui, tirant de toutes mes forces, quand la chaîne me bloqua court.

— T'es un lâche. Tu viens et enlèves des filles innocentes…

Maddox fut si rapide, je réalisai seulement qu'il avait bougé quand je sentis ses mains se fermer autour de mes poignets, les forçant à s'abaisser. Je luttai, en criant. J'essayai de le frapper et perdis presque l'équilibre à cause de la chaîne. Maddox m'attrapa et me serra dans ses bras, emprisonnant mon corps frémissant contre lui.

— Sabine. Reste tranquille.

Ses mains se fermèrent à la base de mon crâne et serrèrent en avertissement. Sa prise ne fit pas mal, mais je m'immobilisai, me rappelant sa perte de contrôle plutôt.

— Bonne fille, gronda-t-il, encourageant mon abandon.

Il me tint plus près.

— Je suis là pour toi.

Tous les efforts quittèrent mon corps. Ma colonne se déséquilibra à ses mots et je me blottis contre lui.

— Tu as besoin de choisir tes combats, petite sorcière, murmura-t-il dans mon oreille. Tes sœurs sont au chaud et nourries.

Ses bras se serrèrent, me rappelant sa force.

— Tu ne me combattras pas à propos de ça. Cela ne finirait pas bien pour toi.

C'était terminé. J'avais perdu. Le désespoir me balaya, une sensation froide qui, paradoxalement, me fit apprécier l'intense chaleur du corps ferme de mon ravisseur.

Tremblant dans ses bras, j'essayai de réfléchir, mais il n'y avait aucune porte de sortie. Brenna avait veillé sur mes sœurs et moi, mais Brenna était partie. Il n'y avait personne pour nous sauver, seulement moi.

— Comprends-tu ?

— Oui.

Il me relâcha et je me serais effondrée par terre s'il ne m'avait pas fait doucement glisser. Je m'assis sans bouger alors que Maddox nettoyait le foyer. Quand le bois fut approvisionné, il vint se tenir à proximité.

— Bien, chuchotai-je. Je le ferai. Je ferai ce que tu demandes.

Il me tendit le bol de ragoût et tourna autour de moi jusqu'à ce que j'en avale autant que je le pus.

Je regardai le soleil se coucher de mes yeux las en clignant vers Maddox quand il revint à la grotte, enveloppé d'une peau de sa propre fourrure. Il se posa quelques pas plus loin.

— Je resterai avec toi ce soir. Tu n'es pas en forme pour essayer d'apprivoiser la bête.

Avant qu'il ne fasse noir, je fermai les yeux, me balançant et chantant une berceuse que je chantais aux filles. Trois fois cependant ; une fois pour chacune de mes sœurs, puis je m'étendis et me roulai en boule. Je devais dormir. Dans la matinée, je n'autoriserais aucune autre pensée de pitié ou de peur. Si j'étais destinée à vaincre nos ennemis, je devais garder ma présence d'esprit.

Je rêvai que j'entendais deux voix parler au-dessus de moi, des échos silencieux que le vent porta à mon oreille. La voix grave de Maddox et une autre, encore plus grave et brute, comme si elle avait été inutilisée depuis plusieurs lunes.

— *Elle est si petite.*

— *Ouais, mais fougueuse.*

— *Cela fait longtemps, mon frère, mais il y a des raisons d'espérer.*

— *Peut-être*, dit Maddox. *Cela dépend d'elle.*

CHAPITRE 3

— *A*lors si je l'apprivoise, tu nous laisseras partir ? demandai-je le jour suivant à mon ravisseur aux cheveux noirs.

Il semblait d'une humeur enjouée, présentant mon petit-déjeuner avec des fioritures, m'appelant « Madame ». Il m'apporta même des fleurs. Comme si je pouvais être charmée par quelques bourgeons.

— Peut-être, dit-il avec un sourire vorace. Peut-être que tu ne voudras pas partir.

Mon regard traduisit ma réponse. Il rigola juste.

Je me levai sur mes pieds, les joues rougeâtres de colère.

— Tu dois me mener à mes sœurs. Je veux voir de moi-même qu'elles sont en sécurité et qu'on y fait attention.

— Mes hommes les gardent en sécurité. Je leur ai rendu visite juste avant l'aube et je te donne ma parole…

— Je n'ai que faire de la parole d'un homme qui m'a enchaînée dans la tanière d'une bête. Tu n'as aucun honneur.

Son sourire s'effaça, laissant un regard froid sur son visage décharné.

— Fais attention, petite sorcière.

— Ne m'appelle pas comme ça.

Il avança d'un pas raide vers l'avant et le vide dans ses yeux me précipita en arrière malgré ma promesse de ne pas être intimidée si facilement.

Il jeta un regard rapide du haut vers le bas de mon corps et j'agrippai ma robe étroitement. Une tranquillité effrayante descendit sur lui, un prédateur mortel regardant sa proie. Il attendit que je détourne le regard en premier.

— C'est de la bonne colère, Sabine. Utilise-la pour effectuer ton travail.

Quand il se retourna, je repoussai des larmes inutiles de mon visage.

— Attends.

Je rendis ma voix assez désespérée pour qu'il écoute.

— J'ai peut-être des compétences avec les herbes médicinales, mais que sait une simple villageoise pour apprivoiser des monstres ? Que dois-je faire ?

— Si je savais que faire, ne crois-tu pas que je l'aurais essayé ? La prophétie a parlé d'une femme qui domestiquerait la bête à l'intérieur.

— Je ne sais pas comment guérir une blessure que je ne comprends pas. Au moins, dis-moi ce qu'il est.

S'asseyant en face de moi, il adopta les tons ondoyants et les manières d'un barde. Sa voix grave raconta parfaitement l'histoire, et je me demandai s'il avait passé du temps à la cour avant de devenir un guerrier.

— Il était une fois, un roi nommé Harald Fairhair qui désirait gouverner tout le Territoire du Nord, maintenant appelé la Norvège. Pour vaincre les jarls, les chefs de clan et les comtes, il recruta une sorcière pour rendre plus puissants ses meilleurs guerriers. Elle les maudit et les Transforma tous en Berserkers, des guerriers qui combattent d'une rage machinale, tuant tout sur leur passage. Ils se précipitent dans les batailles ne portant que des peaux d'animaux, ne pouvant être blessés ni par les épées ni par les haches. Personne ne peut se dresser contre eux.

Perdus dans l'histoire, les yeux de Maddox brillèrent d'une lueur étrange.

Je déglutis, me rappelant l'immense empreinte de pas.

— Donc, Ragnvald et ses hommes sont des Berserkers… ils peuvent se changer en loups ?

— Pas uniquement en loup. Il y a une troisième forme, entre loup et homme, un véritable monstre. Sous cette forme, Ragnvald et ses guerriers combattirent et installèrent Harald Fairhair sur le trône. Mais ce pouvoir vient avec un prix. La magie dévore l'esprit, et après un temps, il ne reste rien d'autre que la rage.

Il cligna des yeux une ou deux fois et revint à lui.

— Ragnvald et sa meute de Berserkers vinrent sur cette île comme mercenaires, où je les rencontrai. Pendant presque un siècle, la bête fut satisfaite du cycle sans fin de combats à la solde de rois cupides, mais quand la paix arriva, nous apprîmes l'étendue de la malédiction.

Sa voix devint amère.

— Nous pouvons vaincre des armées et les dévaster. Cependant, la bête qui fait de nous de grands guerriers désire des effusions de sang. Pendant la rage des Berserkers, nous ne faisons pas la différence entre ami ou ennemi.

Après un silence affligé, il continua.

— Il n'y a pas de vie normale pour nous. La meute a des règles strictes pour éviter que la rage se libère, mais déjà, nous n'avons pas de maison, pas de famille. Nous ne pouvons pas nous y risquer. En tant que chef, Ragnvald maintenait l'unité au sein de la meute, mais au fil des années son contrôle a glissé. Et, quand il tombe…

— La bête prend entièrement le contrôle de son esprit, et la meute entière perd le contrôle ?

— Si tu as besoin d'avoir peur, Sabine, crains le jour où la bête nous consumera. Ce sera la fin des temps.

À son ton lugubre, une vague de froid me balaya. Si ce guerrier endurci par les batailles avait peur, alors quel espoir pouvais-je avoir ?

— Mais… que puis-je faire ?

— La prophétie ne parle que de t'amener ici. Elle ne dit pas ce que tu feras ou ne feras pas.

Je m'effondrai au sol.

— Cela ne m'aide pas. Tu me dis que tous pourraient mourir ? Tu kidnappes mes sœurs pour me forcer à vous aider, et puis quoi ? Que suis-je appelée à faire ?

Il haussa les épaules.

Je mordis ma langue avant de le rendre à nouveau fou de rage. Pourtant, aussitôt qu'il partit pour la journée, j'égratignai le sol de la grotte pour saisir une pleine poignée de sable et la jetai dans sa direction. Il voulait de la magie ? J'allais lui montrer ce que Sabine, vendeuse d'herbes médicinales d'un petit village, pouvait faire. Quand il verrait le peu de pouvoir que j'avais vraiment, il me libérerait et me laisserait partir.

Pourtant, une part de moi me murmura que même si j'échouais, il ne me laisserait jamais partir.

Repoussant au loin cette pensée, je marchai vers le grand lit, pris les peaux puantes, et les lançai aussi loin que je le pouvais vers l'entrée de la grotte. Je déversai l'eau sur l'immense pierre plate qui avait servi de lit, pour la nettoyer. Maddox revint vers moi alors que je la frottais avec un bout de tissu.

— J'ai besoin de mes herbes. Et d'eau chaude, en grandes quantités.

Je levai le menton à son froncement de sourcils.

— Tu veux que je fasse mon travail ? Donne-moi ce que je demande.

Après un silence de quelques instants, il inclina la tête et partit, revenant avec mes affaires. J'hésitai avant de les prendre, même si j'étais contente de voir des objets familiers. Voir mes biens personnels dans les grandes mains de Maddox me fit à nouveau réaliser que ma captivité était réelle.

Je l'ignorai en faisant le point de toutes mes herbes. Maddox s'occupa, emportant les peaux sales. Quand il eut fini, je lui dis que j'avais besoin d'une façon de faire bouillir de l'eau et il disparut une nouvelle fois.

Pendant qu'il était parti, je disposai les herbes qui brûleraient pour purifier l'air. La grotte serait assainie, pas uniquement de la moisissure et des vermines, mais des esprits malfaisants se tapissant dans l'ombre. Quand Ragnvald viendrait de nouveau à moi, l'odeur de la grotte lui rappellerait qu'une femme était présente. Elle aurait l'odeur d'une maison.

Tard dans la journée, Maddox revint avec un grand pot en fer. Il l'installa directement sur le feu et le remplit grâce à plusieurs voyages jusqu'au ruisseau, muni de deux seaux suspendus à un manche. Il ne se plaignit pas une fois d'effectuer le travail d'une femme.

Je supposai que je devais en être reconnaissante, bien que j'eus préféré ne pas être enchaînée. Il déplaça l'attache de la chaîne plus près du feu afin que je puisse me servir de l'eau.

Quand vint la nuit, j'avais récuré l'estrade, et Maddox avait posé de nouvelles peaux de daim dessus. De la sauge séchée et quelques bougies de cire brûlaient dans les quatre coins à l'embrasure de la grotte, ainsi que derrière le lit. La fumée se mêla à l'odeur du ragoût que concoctait Maddox.

Après tout mon dur labeur, je tombai de sommeil aussitôt que mon estomac fut rempli.

Je me réveillai, me sentant confortable et bien au chaud. Maddox m'avait emmaillotée dans une couverture d'ours et m'avait posée sur la literie propre. De la fourrure soyeuse me chatouilla la joue. Je levai la tête et m'immobilisai.

À l'extrémité du lit, une vague forme était assise recroquevillée, faisant face au feu. Il était grand et maigre, plus mince qu'un guerrier le devrait, mais cela ne diminuait pas la puissante charpente de son corps. La faible lumière du feu étincelait dans ses cheveux blonds.

— Ragnvald ? murmurai-je.

Il dirigea des yeux vides vers moi, de profondes fosses où brûlait un feu doré.

— Bienvenu, mon seigneur, dis-je en ravalant ma peur.

Il se mit debout et se profila au-dessus du lit, nu, excepté une peau de daim en loques, jetée autour de ses hanches et tombant jusqu'à mi-cuisses. Ragnvald était le plus grand homme que j'avais jamais vu, plus grand même que Maddox. Ses cheveux d'un doré pur plus ensoleillés que les miens, pendaient par touffes sales atteignant ses épaules.

Mon cœur trébucha alors que son ombre me passa au travers. J'attendis en silence, mais il ne fit que se tourner avant de marcher à grands pas vers l'obscurité, plus profondément dans la grotte. Un tintement mena mes yeux vers l'une de ses chevilles dénudées et je réalisai sous le choc qu'il portait aussi une chaîne.

* * *

— Tu l'as enchaîné, déclarai-je à l'aube en confrontant Maddox.

Je m'étais levée et avais rafraîchi les herbes, puis j'avais ajouté du bois dans le feu mourant. Le guerrier tatoué arriva quelque temps après, avec davantage de bois pour le feu et bien qu'il ne sourît pas, je pouvais dire qu'il approuva mes efforts.

— Il est venu à moi la nuit dernière, portant des menottes comme les miennes.

— Pas comme toi. Sa chaîne est plus longue et fixée loin, plus profondément dans la grotte. Tu as une laisse plus courte.

Je lui jetai un regard noir à son ton plaisantin.

— Le métal l'attachant est également protégé par une sorcière. Quand il s'est exilé, nous avons pris toutes les précautions pour l'empêcher d'errer durant ses crises et de ravager tout ce qu'il rencontrait. Cela ne le retiendra pas pour toujours.

Frissonnant, je frottai mes bras, et me demandai si je dormirais à nouveau facilement dans cette grotte.

— N'aie pas peur, Sabine. Il devient de plus en plus lui-même et de moins en moins dangereux avec chaque heure qui passe et que tu es ici.

— Qui était-il avant la Transformation ? demandai-je en me souvenant de l'élégance majestueuse dans laquelle Ragnvald s'était tenu, le pouvoir dans ses yeux quand il m'avait regardée.

— Un chef. Le fils d'un grand guerrier, d'une longue lignée de seigneurs. Il aurait été un bon dirigeant, s'il n'y avait pas eu la malédiction.

Je fis les cent pas en faisant des allers-venues, retraçant les pas de mon visiteur tardif, aussi loin que ma chaîne me le permit.

— Parle-moi de la folie.

— Le loup et l'homme travaillent ensemble. Mais, la bête est la faim pure, la rage pure. Et elle n'est pas facilement contrôlée. Un siècle ou deux à combattre l'envie irrépressible et même le plus fort des hommes s'épuise.

— Comment puis-je aider ?

— Tu le fais déjà. Je n'ai pas vu Ragnvald sous sa forme

humaine depuis plusieurs lunes. Deux nuits, et il s'assied et mange comme un homme.

Il pointa quelque chose du doigt et je réalisai que la vaisselle que j'avais nettoyée était à présent sale. Ragnvald avait touché au ragoût.

— Penses-tu qu'il peut être sauvé ?

— Je ne sais pas. Mais, si quelqu'un peut le faire, c'est toi.

JE ME PRÉPARAI TOUTE la journée et quand la nuit tomba, j'étais prête. Le feu brûlait plus intensément, la fumée plus douce grâce aux branches de mûrier que nous avions ajoutées. J'avais fait des histoires à propos du ragoût et ajouté de précieuses épices qui avaient fait ronronner Maddox de plaisir quand il les avait goûtées. Des bougies brûlaient dans les coins d'un large carré autour du lit, et j'avais répandu de la lavande sur la couchette.

— Si nous traitons Ragnvald comme une bête, alors il n'aura aucune raison d'être plus que ça, dis-je à Maddox. Je le traiterai donc comme un homme.

Allongée sur le lit, j'attendis en fixant le feu des yeux. Je dus m'assoupir, car quand je me réveillai, Ragnvald était assis sur une pierre située à peine à plus de quelques mètres de là où je dormais.

Lentement, je me relevai pour m'asseoir.

— Bonsoir, mon seigneur.

Comme auparavant, il ne parla pas, mais ses yeux semblèrent moins creux et il ne sembla pas sur le point de déguerpir. Je me levai, bougeant prudemment comme si le plus petit tremblement pouvait le perturber.

— J'espère que vous êtes satisfait des changements chez vous, murmurai-je.

Je fis deux pas en avant et m'arrêtai, laissant la lueur du

feu caresser ma silhouette. Je m'étais apprêtée avec autant d'attention que la grotte.

Je m'étais baignée plus tôt, utilisant l'eau chauffée sur le feu après avoir renvoyé Maddox. Les herbes dans l'eau avaient adouci ma peau et mes cheveux, qui avaient maintenant une odeur sucrée. J'avais arrêté de porter le lourd accoutrement et ne portai qu'un léger fourreau fraîchement lavé et qui sentait comme mon corps. Mes pieds étaient nus et j'avais laissé mes cheveux détachés.

Quand je fis face à Ragnvald de nouveau, son expression affamée me fit dire que mon instinct était bon. C'était un homme habitué aux belles choses : les femmes, les chambres et les repas avec les rois qu'il avait fait devenir des conquérants. Peut-être, cette nuit, il se souviendrait de la vie qu'il avait perdue.

Je baissai mon regard face à ses yeux inquisiteurs.

— Permettez-moi de vous accueillir comme il se doit. Il y a de la nourriture si vous voulez manger, de l'hydromel si vous voulez boire. Je serai heureuse de vous servir de la façon dont vous souhaiterez.

Je déglutis à cause de la boule que j'avais dans la gorge. Même moi je n'étais pas sûre de combien j'étais prête à offrir à ce guerrier déchu.

Ragnvald resta sans rien dire, mais après un moment, il se tint comme s'il attendait que je le guide.

— D'abord, mon seigneur, peut-être que vous aimeriez vous baigner.

Une grande cuve en pierre était installée près du feu, un bloc assez creux pour qu'un homme s'y asseye et soit submergé jusqu'à sa taille. Quand j'avais expliqué ce que je voulais, Maddox avait bougonné, mais il était parti et était revenu avec la pierre taillée. Il ne m'avait pas dit où il l'avait eue et je n'avais pas demandé. Le regarder porter la dalle géante, les muscles ondulant sous l'effort, avait été un spectacle impressionnant.

— Les Vikings ne prennent pas de bain, s'était plaint Maddox lors de son septième voyage au ruisseau pour y remplir les seaux.

— Ragnvald a quitté sa maison il y a bien longtemps, fis-je remarquer. S'il convient en tant que dirigeant…

— C'est le cas, quand il se sent bien, m'assura Maddox.

— Alors il est temps qu'il assume son digne rôle.

Maddox leva son sourcil d'un air de dire : « Ici ? Dans cette grotte ? »

— Je ne peux pas l'amener à la cour, répliquai-je sèchement. Alors, j'amènerai la cour dans la grotte.

Cela fit taire Maddox, au moins pendant un petit moment. À présent, j'allais découvrir si notre travail avait été en vain.

M'inclinant, je sortis majestueusement ma main pour l'inviter à aller vers l'avant.

— Après vous, Seigneur Ragnvald.

Je cachai un sourire triomphant quand le maigre guerrier alla vers le bain. M'occupant avec les seaux supplémentaires d'eau, j'attendis jusqu'à ce que le cliquetis de la chaîne me révèle qu'il se baissait pour entrer dans la bassine. J'approchai uniquement quand il fut bien immergé.

La pierre sculptée était assez massive pour contenir sa forme repliée, bien qu'un bras très musclé fût posé sur le côté.

— Si vous le voulez bien, je vais ajouter plus d'eau chaude.

Je soulevai le seau et attendis son consentement. La nouvelle eau contenait quelques brins d'herbes médicinales. Après avoir déversé l'eau, il en attrapa un et joua avec, pendant que je revigorais mon courage pour continuer.

— Des saponaires, lui montrai-je en désignant les fleurs blanches avant de les écraser dans mes mains et d'en faire une écume. Je vais les utiliser pour laver vos bras. Puis-je vous toucher ?

J'essayai de garder une voix douce et forte, et peut-être que je réussis, mais mes mots volaient en éclat dans mon esprit. Ragnvald soutint mon regard de ses yeux intenses pendant un long moment. Je serrai les dents et me forçai à ne pas regarder ailleurs. Il acquiesça à nouveau, et je baissai les yeux. Me mouvant encore lentement, mimiquant la douce grâce qu'avait toujours eue ma grande sœur Brenna, je m'approchai et touchai son bras.

En un éclair, sa main bougea et captura mon poignet, ne me faisant pas mal, mais étant assez ferme pour me faire frissonner.

— Si cela vous convient, mon seigneur, je peux vous laver.

Il me fixa du regard, les yeux fous. Je priai alors pour qu'il me voie comme je l'étais, une simple femme vêtue uniquement d'une tunique légère, pieds nus telle une esclave et prête à le servir. Innocente. Sans défense. Sans malice. Je n'avais aucune arme, aucune manière de l'attacher, même pas une lanière pour mettre mes cheveux en arrière.

— S'il vous plaît, suppliai-je en léchant mes lèvres. Je ne souhaite qu'aider.

Sa prise se resserra et il me tira plus près. Je me laissai aller sans résistance. Il pouvait casser net mon cou à tout moment et même si je fuyais, une poursuite de deux mètres ne repousserait qu'à peine ma mort. Je retins mon souffle alors que les doigts de Ragnvald glissaient pour menotter mon avant-bras et reculaient pour encercler mon poignet. Mon propre bras parut tellement fragile dans ses mains puissantes et bien charpentées. Il caressa la douce peau recouvrant mon pouls avec une précaution surprenante et pendant un instant, je vis qui était cette créature nauséabonde : un homme ravagé par le temps, mais commençant à revenir à lui.

Quand il me lâcha pour faire reposer son bras sur le bord du bain, je pris une profonde inspiration et commençai à le laver. Je me livrai au mouvement méditatif en le touchant. À ma demande, il se submergea d'eau et en ressortit dégoulinant. La crasse disparut grâce à mes courageux bons soins. J'essayai de prétendre qu'il était une statue qu'on m'avait ordonné de nettoyer. Cependant, le soulèvement et l'affaissement subtils de la chaude poitrine sous ma main me firent trembler. Le muscle endurci par la bataille aurait été parfait s'il n'y avait pas eu des crêtes surélevées provenant d'anciennes cicatrices. Je ne pouvais m'empêcher de parcourir la trace d'une terrible zébrure sur son flanc et d'imaginer la grande épée qui l'avait créée. Quel que soit l'ennemi qu'avait rencontré Ragnvald ce jour-là, il en était sorti vainqueur et cette cicatrice était un symbole d'honneur, la preuve que ce guerrier ravagé par le temps était glorieux dans la fleur de l'âge. Même maintenant, nu et replié dans le bain de pierre, il se relaxait comme s'il était habitué à être lavé par un domestique. Excepté la chaîne, il pourrait être un roi.

Je gardai le regard baissé, mais je sentis le sien se délecter de moi. Quand je me penchai au-dessus du bain pour laver sa poitrine, ses doigts vinrent tracer ma clavicule, passant sous le fourreau pour caresser cet os sensible au-dessus de mes seins. Alors que je me reculai, la main de Ragnvald suivit, dérivant vers mon épaule, explorant la ligne de mon bras. Alors que je m'affairai autour de lui, pas une seule fois sa main ne me quitta. Ses doigts élégants jouèrent sur ma peau, volant ma concentration, rendant irrégulière ma respiration.

Je n'avais pas été touchée de cette façon depuis longtemps.

— Si vous vous penchez en avant, je peux laver votre dos, dis-je d'une voix rauque.

Il fit comme je l'eus demandé et alors que je me courbai, je jetai un coup d'œil vers le bas et réalisai à quel point l'eau avait moulé mes vêtements sur mon corps. Je n'avais porté la tunique que pour montrer que je n'avais pas d'arme, mais maintenant je me rendis compte que je pouvais tout aussi bien être nue.

Quand le mouvement de ma main ralentit, Ragnvald se tourna. Je fis automatiquement un pas en arrière, mais il prit seulement la saponaire et commença à frotter ses jambes. Je savonnai ses cheveux, les lavant minutieusement, soulagée qu'il n'eut pas attendu que je m'occupe de toutes ses parties. C'était un jeu dangereux auquel je jouais avec un homme instable. Je devais être folle, m'offrant sur un plateau à un guerrier brutal qui n'avait pas vu une femme depuis très, très longtemps. Cela ne lui demanderait pas grand-chose de me trainer sur le sol sablonneux de la grotte, prendre ce qu'il voulait et casser mon cou quand il aurait fini. J'étais encore prise dans la gueule d'un monstre, et je devais m'en souvenir, qu'importe combien il était beau.

La seconde à laquelle mes doigts quittèrent ses cheveux pleins de savon, il se submergea d'eau. Je me reculai alors qu'il se rinça vivement et se leva pour sortir du bain. De l'eau ruissela sur sa puissante silhouette. Je ne pus m'empêcher de le fixer, fraîchement lavé et entièrement nu dans toute sa splendeur. Mon visage rougit, mais je me rappelai que j'étais une femme audacieuse. J'avais couché avec des hommes, les avais vu se baigner nus. Il n'y avait aucune honte à ça.

Mais, mon cœur battit plus vite alors qu'il venait dans ma direction.

— Je devrais vous rincer, murmurai-je. Il y a davantage d'eau chaude, si vous le désirez.

L'air frais de la nuit fit durcir mes tétons comme des cailloux. Les doigts de Ragnvald dansèrent au niveau du col du drap mouillé que je portais et je m'arrêtai de respirer. Quand il tira pour défaire le nœud qui sécurisait la tunique sur mes épaules, je laissai le vêtement tomber et ne fis aucun geste pour me couvrir. La chaleur se déversa en moi. J'étais aussi nue que lui, mais il se tenait avec audace, alors que je me sentais féminine et vulnérable.

Il tourna autour de moi pour ramasser les deux tissus que j'avais posés pour le sécher. Une fois qu'il eut enveloppé une étoffe sèche autour de sa taille, il revint et drapa la seconde autour de moi.

— Merci, chuchotai-je.

Ragnvald leva mon menton et me regarda. Mes lèvres se séparèrent, attendant, espérant même, mais quand il se pencha, il inclina ma tête afin que ses lèvres caressent seulement ma joue.

CHAPITRE 4

*L*a lueur de l'aube marbrait les fourrures quand je me réveillai entourée de peaux soyeuses. Mes cheveux étaient humides, preuve que la nuit avec Ragnvald n'avait pas été un rêve. Je l'avais lavé, il m'avait séchée et conduite au lit. Après le baiser, il m'avait bordée et m'avait surveillée, ressemblant à la pâle statue que j'avais imaginé qu'il était. J'avais dû m'endormir, parce que je ne me rappelais pas qu'il s'était éclipsé.

Alors que je m'éveillai, Maddox se leva de sa place près du feu et vint à mes côtés. Sans un mot, il retira ma couverture de fourrure. Son regard se durcit quand il vit que j'étais nue.

— A-t-il… ?

— Non. Il m'a à peine touchée, dis-je en levant la main vers ma gorge.

Je ne savais pas pourquoi je tremblais.

Maddox vit le frisson et m'attira dans ses bras. Je me cramponnai à lui et la peur que j'avais ravalée la nuit dernière se fissura et se répandit d'un coup.

— Tu pensais… qu'il aurait pu…

— Non. Je ne pensais pas… Je ne t'aurais pas laissée seule si j'avais pensé qu'il ferait ça.

Sa main tint tendrement l'arrière de ma tête.

— Je ne t'ai pas amenée ici pour te mettre en danger, continua-t-il d'une voix grondant dans sa poitrine, me réprimandant.

— Je sais.

— Plus jamais, sortit Maddox. Plus jamais je ne laisserai quelqu'un s'approcher assez pour te blesser à nouveau.

La nuit était finie. J'avais survécu. La nuit dernière, Ragnvald avait franchi un seuil, passant de bête à homme, la folie guérissant. Mais, j'avais également changé, acceptant ce que Maddox appelait ma destinée. Une nouvelle journée était arrivée, mais qu'est-ce que cela signifiait ? Que réserverait-elle ?

Tout à coup, j'étais dénuée de futur. Je n'avais que cet instant et cet homme viril devant moi.

Avec des doigts hésitants, je traçai ses traits, traçai la nette mâchoire, caressai les joues creuses. Maddox resta immobile, jusqu'à ce que j'atteigne ses lèvres. Il mordilla mes doigts et il aurait pu tout autant poser sa bouche sur mes seins, vu la façon dont la chaleur m'inonda.

Je ne pus que souffler son nom.

— Maddox.

Sa bouche tomba sur la mienne. Nous nous embrassâmes et il se mut, prenant le dessus, la pression sur ma bouche me faisant reculer. Je retombai sur les peaux sous lui, gémissant, alors que l'une de ses mains tatouées glissait le long de mon corps nu. Mes hanches se soulevèrent à son contact. Il toucha mon centre et jeta un coup d'œil vers mon visage m'interrogeant. Cependant, je ne parlai pas, ne brisant pas l'envoûtement, attendant juste que ses doigts caressent mes lèvres inférieures et m'excitent. Je me tortillai honteusement sur les peaux.

Cela arriva tellement vite, mais j'en avais besoin. J'avais été au bord depuis si longtemps que je devais retrouver la chaleur du corps d'un autre humain à côté du mien, même si c'était mon ravisseur. Je me pressai contre lui, ma peau désespérée de ressentir sa force, telle une fleur qui cherche le soleil. Des doigts puissants firent des mouvements entre mes jambes, puis accédèrent à mon trou humide. Je relevai ma jambe, mes yeux se fermant et tout en moi retint son souffle. C'était le contact pour lequel je brûlais d'envie tous les mois, quand la pleine lune transformait mes désirs en un brasier en furie, me conduisant jusqu'à la folie.

— Sabine, souffla Maddox alors que ses doigts baisaient ma chaleur humide.

Mes yeux s'ouvrirent brusquement.

Nous étions presque à la pleine lune. J'étais en chaleur.

Je repoussai Maddox. Il répondit immédiatement en faisant des allers-retours, mais au lieu de lui sauter dessus, comme il s'y attendait certainement, je me retirai.

— Non, marmonnai-je encore et encore. Non.

Les mains sur mon visage, je me blottis au bord du lit.

— Je suis désolée, dis-je et je souhaitai qu'il n'ait pas pris ça comme une invitation à s'approcher.

Tardivement, je me souvins que j'étais nue et attirai une peau autour de mes épaules. Risquant un coup d'œil, je grimaçai à la vue de la souffrance dans ses yeux.

— Sabine, tu n'as rien à craindre de moi.

Mais, quand il posa sa main sur la peau me recouvrant, je reculai et me glissai en une plus petite boule. Sa grande silhouette éclipsait la mienne. S'il voulait me forcer, je n'avais aucun doute de qui gagnerait.

Bien entendu, une fois que la chaleur et mon désir prendraient le dessus, il n'aurait même pas à me forcer. Je n'avais pas peur de lui. J'étais effrayée de moi-même.

— S'il te plaît.

Il tira le bord de la fourrure une fois, mais pas assez fort pour la retirer. Je l'agrippai de manière plus tendue et fis un petit son, une excuse. Une ombre tomba sur son visage et il me laissa.

Comme j'avais été debout la majorité de la nuit, je rampai dans l'étreinte chaude de la peau. J'avais dû dormir, les jambes serrées ensemble, parce que quand je me réveillai, Maddox était parti, mais un autre homme était assis au bord du lit, faisant face au feu.

Alors que je m'éveillai, il se retourna et sourit. Ma respiration se suspendit. Les cheveux blonds jusqu'aux épaules, des joues creusées, un sourcil noble, c'était Ragnvald. En revanche, pas comme je l'avais vu la première fois. Le guerrier blond paraissait en aussi bonne forme que Maddox. Le changement allait au-delà de ses membres propres et de ses cheveux reluisants. Il avait perdu l'obscurité dans le creux de ses yeux, le teint blême de sa peau et il se tenait avec assurance, et non pas d'un mouvement hésitant comme un animal au bord d'une route, observant la civilisation sans y prendre part. Cet homme était tout du dirigeant que j'avais supposé qu'il était.

— Bon matin, Sabine, dit-il d'une voix pas aussi grave que celle de Maddox, mais riche et douce, presque royale.

— Vous pouvez parler.

— Je n'ai pas pu pendant un long moment. Mais, apparemment, je me suis rappelé comment faire.

Des bruits de pas mesurés nous interrompirent. Maddox pouvait bouger aussi silencieusement qu'un loup traquant un lapin, alors je sus qu'il voulait que nous entendions son approche. Il nous ignora en s'occupant du feu, une expression renfrognée sur son visage. Je ne savais pas s'il était fâché contre Ragnvald ou moi.

Après un moment à regarder Maddox bouger sévèrement

autour du feu, Ragnvald se retourna et me fit un clin d'œil. Le léger amusement sur son visage me choqua.

— Comment as-tu dormi ?

— Bien, mon seigneur. Et vous ?

— Comme un bébé.

Se déplaçant sur le lit, il me fit signe de me rapprocher. J'hésitai. Cet homme, parfois monstre, m'avait touchée la nuit passée, mais je me sentais encore méfiante à son égard.

— Tu vois, frère ? gloussa Ragnvald en laissant tomber sa main. Elle me rejette aussi.

Maddox ne dit rien, mais il arrêta de marcher d'un pas lourd autour du feu. Après un temps, Ragnvald le rejoignit et je remarquai que la chaîne du blond n'était plus là.

— Mon seigneur, appelai-je, et les deux hommes se retournèrent alors que je concentrais mon attention sur Ragnvald. Vous sentez-vous mieux ?

— Oui. Assez en forme, ce qu'y signifie que je n'ai plus besoin de la chaîne.

Les menottes étaient posées à côté de l'un de mes paquets de sauge. À la différence des miennes, elles avaient des runes tamponnées dessus.

— Alors que fait-on à présent ? Ai-je mérité ma liberté ?

— Peur que non, petite *volva,* dit Ragnvald en grimaçant. Mon corps guérit vite, mais seul le temps fortifiera mon esprit. Ton aide est nécessaire.

Sa voix s'aggrava.

— Je te suis reconnaissant.

Je baissai le regard alors que mon corps était stimulé en réponse à son murmure intime. Je ne pouvais pas supporter de regarder les deux guerriers, l'un sombre, l'autre lumineux, mais je sentis leurs regards sur mon corps telle la pression d'une marée. Alors que la lune s'arrondissait, le désir en moi grandirait encore plus. Durant la chaleur, je devrais me séquestrer ou l'assouvir.

S'ils me gardaient captive ici, serais-je capable de m'em-pêcher de me perdre dans le désir ?

Maddox vint à moi et s'agenouilla.

— Fuis si tu veux, petite sorcière.

De ses mains nues, il cassa net les menottes et libéra ma jambe. Il leva la tête et me fit un sourire moqueur.

— Nous apprécierons te poursuivre.

Mon cœur martela et j'inclinai la tête.

— Je ne fuirai pas. Mes sœurs sont toujours avec vos hommes.

Maddox saisit une boucle blonde dans sa main.

— Est-ce ce qui te retient ici ?

— Ce n'est pas le confort de cette grotte, répondis-je d'un ton sec et ils rigolèrent tous les deux. J'espère que vous gardez mes sœurs dans de meilleurs endroits.

— Elles sont en sécurité et on subvient à leurs besoins, dit Maddox en s'éloignant, le sourire envolé. Je te donne ma parole.

Après un acquiescement réticent, j'attendis qu'ils se retournent pour m'habiller et me laver le visage. Les hommes s'occupèrent en faisant rôtir un sanglier sauvage entier et mon ventre grogna à l'odeur qui remplit la caverne.

Ragnvald se mit debout et tendit la main.

— Viens dîner avec nous, invita-t-il, comme s'ils étaient des chevaliers d'honneur et que j'étais leur dame.

La façon dont leur attention se concentra sur moi pendant le repas, fit voleter mes mains et remettre mes cheveux en arrière plus que nécessaire, mais je me dis que c'était l'effet de la chaleur dans mon sang.

S'ils remarquèrent mes joues rougies, ils ne firent pas de commentaire. Nous parlâmes de choses bénignes comme la façon dont Maddox avait chassé la viande ou les herbes que j'avais utilisées pour faire le ragoût de la nuit dernière.

— J'aurai besoin d'en récolter davantage, remarquai-je, espérant un sursis à l'extérieur de la grotte.

Maddox et Ragnvald échangèrent des coups d'œil durant une pause assez longue pour contenir une conversation, même s'ils ne disaient rien tout haut.

— Nous te permettrons d'aller dans la forêt, du moment que l'un de nous est proche, décida Ragnvald.

— Ce n'est pas encore sûr pour toi de t'y attarder seule, dit Maddox.

Je laissai ça passer sans querelle. Un jour, je serais à nouveau libre et en attendant, je me concentrerais sur le bien-être de mon patient.

Je remarquai alors que toute attention que je fis à Ragnvald eut le charmant résultat d'ennuyer Maddox.

— Qu'est-ce qui vous a amené sur cette île ? demandai-je au blond en faisant presque papillonner mes cils.

— La chance, dit Ragnvald après une pause, comme cherchant ses mots. Nous étions mercenaires au service d'un roi.

— Harald Fairhair ? me rappelai-je, d'après l'histoire de Maddox.

— Non. Il était mort depuis longtemps quand la meute a navigué vers cette terre.

— Tu es plus fort que la plupart des hommes, n'est-ce pas ? dis-je en fronçant des sourcils.

— Que tous les hommes, corrigea Ragnvald. Et, que la plupart des monstres.

— Alors pourquoi tu ne diriges pas cette île ? Tu as la puissance et la force pour le faire.

— Comment un homme peut gouverner un pays quand il ne peut pas se contrôler lui-même ? Non, *volva*. Cette contrée sauvage est l'étendue de mes terres.

Je devins silencieuse à ces paroles. *Paria*, s'était qualifié Maddox un jour. Le prix de leur pouvoir maudit.

— Un jour, j'eus peut-être l'envie d'avoir un royaume,

mais après des années de combats, je n'espère qu'un futur paisible que je pourrais partager avec une compagne, dit Ragnvald, et Maddox acquiesça.

Je décidai d'éviter le sujet de leur future partenaire. Qu'importe combien leurs regards stimulaient mon sang, aussitôt que cela serait fini, je rentrerais à la maison.

— Tu es un Viking, mais Maddox ne l'est pas. Comment vous êtes-vous rencontrés ?

— J'ai sauvé la vie de Maddox.

Maddox renâcla, paraissant plus jeune et plus jovial que je ne l'avais vu. Le changement me fit reprendre mon souffle. Pour un instant, il sembla aussi beau que Ragnvald.

— C'est pas comme ça que je m'en souviens, frère.

— Raconte, alors, dit Ragnvald en inclinant sa tête.

Maddox prit ce que je reconnus comme sa voix de barde.

— Il y avait un roi…

— Un bouffon, interrompit Ragnvald.

— Un parasite avec un royaume, continua Maddox en souriant comme si c'était une vieille plaisanterie. Il égorgea ses frères et prit leur héritage afin d'avoir l'argent pour te payer.

— Après avoir combattu pour Harald, nous sommes venus sur cette île et sommes devenus des soldats de fortune, expliqua Ragnvald. Nous ne nous soucions pas pour qui nous nous battions, alors nous avons combattu pour cet asticot et avons conquis quelques territoires de plus.

— Jusqu'à ce qu'un mercenaire plutôt doué avec les mots…

Ce fut au tour de Ragnvald de se retourner pour renâcler.

— … et irrésistiblement beau pénètre dans ton camp, annonça Maddox en bougeant ses sourcils.

— Tu puais la tourbe et le vieux sang. Mais, tu n'avais aucune peur. Je savais que tu étais l'un de nous. Un Berserker.

— Je les ai convaincus de se battre pour le camp opposé.

Pas pour l'argent, pour la rigolade. Ce fut amusant de mettre la tête de ce parasite sur une pique.

— Maddox fait partie de la meute depuis ce moment-là.

— Où est la meute, à présent ? demandai-je et voulus ne pas l'avoir fait quand toute envie de rire fuit leurs visages.

— Dix lieues à l'ouest, indiqua doucement Maddox.

Son sourcil se plissa et encore une fois, je me demandai si Ragnvald et lui avaient un langage secret qu'ils utilisaient durant ces longues pauses.

Le blond leva une main.

— Tout haut, frère. Elle peut tout aussi bien savoir.

Maddox se tourna vers moi.

— Il reste moins de la moitié d'entre eux. Je les laisse camper sur les falaises au-dessus de la mer. Quand la folie les prend, nous les chassons sur les rochers pour qu'ils rencontrent leur destin. La bête peut survivre à beaucoup de choses, mais ils se noient pour en finir.

La viande se transforma en cendre dans ma bouche. Ces guerriers étaient tels des frères, sauf par le sang. Vivre si longtemps, seulement pour voir la malédiction les éliminer un par un devait être un enfer à vivre. Pas étonnant que Maddox cherche à sauver son ami et à travers lui, la meute.

— Peuvent-ils être aidés ? demandai-je. Je veux dire… puis-je les aider ?

— Tu l'as déjà fait. En sauvant l'Alpha, répondit Maddox en faisant un signe de tête vers Ragnvald. Cela rapproche la meute et la rend plus forte.

J'acquiesçai et rougis sous le regard des guerriers. J'avais parlé sans réfléchir à ce que cela nécessiterait de guérir une meute entière d'hommes brisés, mais Maddox avait raison. J'étais une guérisseuse et cacher mon don de ceux qui souf-fraient allait à l'encontre de mon serment.

Ragnvald se leva le premier. Se courbant, il embrassa mon front.

— Merci, petite volva.

— *Volva ?* répétai-je alors qu'il m'avait déjà appelée comme ça auparavant.

— Sorcière. Maddox a raison. Tu as de la magie.

J'ouvris ma bouche pour protester et son doigt barricada mes lèvres.

— Pas comme une magicienne ou ce que font la plupart des sorcières. Leurs pouvoirs nécessitent des sacrifices, humain ou animal. Ton pouvoir est une magie plus profonde, plus naturelle et qui provient de la terre.

— Ta magie nécessite tout de même un sacrifice, dit Maddox. Mais, d'un type différent.

— De quelle sorte ?

— Un sacrifice personnel. Et, c'est la magie la plus puissante de toutes.

Ragnvald se redressa. Les ombres sous ses yeux étaient revenues quand il avait parlé de la meute et n'étaient toujours pas parties.

— Je dois vous quitter pour le moment. Je n'irai pas loin.

Il se retira de la grotte d'une démarche usée et lente.

— Pardonnez-moi, murmurai-je.

— Il n'y a rien à pardonner, répondit Maddox. Il devait entendre parler de la meute tôt ou tard. Je l'ai gardé à l'écart pour protéger la meute de lui, mais cela a peut-être empiré les choses.

Il frotta son visage d'une main.

— Pourquoi est-il parti à l'instant ?

— Il cherche le réconfort de son loup et il ne souhaite pas que tu le voies se Transformer sous cette forme. Mais, il reviendra, rien que pour être proche de toi. Tu apaises la bëte.

Maddox s'assit à côté de moi.

— Tu as des questions. Pose-les, Sabine.

— Si Ragnvald avait franchi la limite, qu'aurais-tu fait ?

— J'aurais essayé de le tuer. Les menottes auraient aidé à l'affaiblir, mais il y avait tout de même une chance qu'il puisse me vaincre. Si j'avais été entièrement sûr que l'attache tiendrait, je l'aurais laissé mourir. Être isolé de la meute fait décliner plus vite notre esprit. Un loup seul est un loup mort.

Je me souvins du loup solitaire sur le chemin du village, qui m'avait arrêtée sur mes pas en rentrant à la maison.

— Maddox, comment as-tu entendu parler de moi ?

— La sorcière qui a tamponné les envoûtements sur les menottes nous a parlé d'une race de femmes avec des pouvoirs de guérison. Les femmes-spae les avait-elle appelées. Les sorcières des herbes. Pas de pouvoir pour réaliser des sorts de la manière traditionnelle, mais elles ont tout de même un don.

Je retirai la viande restant dans mon assiette.

— Et comment as-tu su que j'avais ce don ?

— Deux raisons. Nous avons demandé à la sorcière qui nous a donné les menottes pour Ragnvald, et elle nous a parlé d'une famille de femmes-spae. Ta grand-mère en était une, mais elle a été détruite, brûlée sur le bûcher. Nous sommes arrivés trop tard, après que ta mère vous ait emmenées toi et tes sœurs, et ait fui du village que vous considériez comme votre maison. Cela a pris quelques années pour vous retrouver. Ta mère avait très peu de pouvoir et la trace s'était éteinte.

Il me lança soudainement un regard animé.

— Jusqu'à ce que tu sois en âge. Puis, ton odeur fut facile à suivre.

— Et un jour tu m'as trouvée ? demandai-je en éclaircissant ma gorge. Comment as-tu su que j'avais des pouvoirs ne serait-ce que pour tenter de guérir ta meute ?

— Parce que je t'ai observée, Sabine. Pendant un long, long moment.

* * *

Je restai éveillée longtemps après que Maddox eut fait son lit sur le sol de la grotte, regardant sa poitrine colorée se lever et tomber dans le sommeil. Je savais maintenant pourquoi le guerrier tatoué m'avait à peine parlé au début. Quand la bête prenait le dessus, il était difficile pour eux de se rappeler du langage humain. Maintenant que nous pouvions parler librement, une question en engendrait sept autres.

Du mouvement au fond de la caverne me fit sursauter, mais c'était seulement Ragnvald, flânant vers le feu comme s'il était un seigneur dans son couloir et non pas pieds nus dans la nature. Il parut plus jovial.

— T'arrive pas à dormir ? demanda-t-il.

Je haussai les épaules.

— La lune est de sortie. Demain, elle sera pleine.

Je serrai mes genoux plus fort contre ma poitrine.

Ragnvald fit une pause au pied du lit et il passa une main sur les peaux.

— Puis-je ?

J'acquiesçai. Le lit était assez large pour faire tenir cinq hommes. Cela ne ferait pas de mal d'en partager un coin avec ce grand guerrier. Je me demandai si en m'allongeant en face de lui, je me sentirais comme son égal ou si son corps musclé éclipserait le mien aussi facilement qu'il le faisait quand nous étions tous les deux debout.

Avec une grâce royale, le guerrier blond s'assit comme je le lui avais permis et me regarda.

— Je vous ai entendu parler Maddox et toi.

— À quelle profondeur se prolonge la grotte ? demandai-je en regardant à travers l'obscurité.

— Pas loin. Il y a des tunnels qui s'étendent plus loin, mais ils sont dangereux.

Je sus qu'il mentionnait le danger pour que je ne sois pas tentée d'explorer, alors j'acquiesçai.

— Mais j'ai surpris la conversation d'une autre façon. Nos esprits sont liés, tu vois. Entre nous, et avec la meute.

Les pauses entre Maddox et Ragnvald eurent plus de sens.

— C'est un homme bien, Sabine, dit Ragnvald brusquement. Il ne m'a jamais abandonné, même quand il aurait dû. Nous avons fait tout ce que nous pouvions, mais ma situation n'a fait qu'empirer. Dans un moment de lucidité, je me suis soumis aux menottes. Nous espérions que les runes aideraient, mais le déclin a continué… J'étais content de mourir.

Il s'arrêta et son silence contenait toute une vie de souffrance.

— Je sais qu'il a agi contre toi en t'enlevant de chez toi, en tenant tes sœurs en otages. Maddox ne te ferait jamais de tort sans raison. Je pense que tu le sais.

Nous regardâmes tous les deux le guerrier tatoué couché par terre, son visage adouci par le sommeil. Je me demandai ce que nous serions, si j'avais rencontré Maddox en d'autres circonstances.

— Je le sais.

Ragnvald se leva et vint de mon côté du lit.

— Il est attaché à toi, Sabine. Nous le sommes tous les deux.

Spontanément, l'image de Ragnvald nu dans le bain me vint à l'esprit. Seulement, cette fois, Maddox était là avec nous.

Le guerrier blond posa sa main sur mon cou et je la couvris de la mienne, tirée de ma rêverie. Mon cœur trébucha plus rapidement, mais il tira seulement la fourrure plus proche de moi.

— Tu n'as rien à craindre, Sabine. Pas de nous.

Il ramassa une peau pour faire son propre lit sur le sol.

— Et personne ne peut se dresser devant nous, ajouta-t-il avant de se retirer. Tu n'as pas à avoir peur de quoi que ce soit, plus jamais.

Il s'allongea et fut bientôt endormi. Je m'assis, éveillée entre deux guerriers. L'un à l'avant et l'autre à l'arrière, entre le fond de la grotte et moi et entre la magnifique nature et moi. Leurs formes puissantes et immobiles prêtes à me protéger et à se battre pour moi, même endormies.

Si je baissais assez la tête, je pouvais voir la lune enceinte me faire un clin d'œil de son lit dans le ciel, au-delà de la grande embrasure de la caverne. Un jour de plus et la chaleur serait sur moi, à puissance maximale.

Ragnvald avait tort. J'avais tout à craindre. Je pouvais faire face à des monstres, affronter la captivité, regarder la mort en face. Mais, je ne pouvais nier ce que voulait mon cœur, et cela me terrifiait plus que tout.

CHAPITRE 5

*J*e me réveillai transpirante, la chaleur se répandant à travers mon corps. Mes hanches suppliaient sans vergogne d'être libérées même dans mes rêves. Avant même de chercher du regard mes guerriers, je me mis debout à toute vitesse, je trouvai le seau d'eau et bus à n'en plus pouvoir, puis aspergeai le liquide froid sur ma peau fiévreuse. Ragnvald et sa peau étaient partis, mais alors que je me tenais là, Maddox sortit à grands pas de la forêt en portant une série de poissons.

Il se rapprocha et s'arrêta, me regarda. Puis, d'un mouvement exagéré, leva son nez et huma l'air. Mes joues devinrent chaudes, et il tourna son sourire suffisant vers moi pour montrer qu'il savait.

Au lieu de commenter, il se dirigea vers le feu et mit le poisson en tournebroche.

Agrippant encore le seau, j'allai m'asseoir près du feu. Si j'étais sage, peut-être qu'il m'autoriserait à aller chercher des herbes aujourd'hui, et à aller me baigner dans le ruisseau pour me rafraîchir.

Je tins le seau devant moi pour qu'il ne puisse pas voir

mes tétons pointer au travers du fourreau en lin, mais Maddox ne fut pas dupe. Quand il marcha vers moi, j'eus un mouvement de recul, mais il tendit la main vers le seau. J'y renonçai et il disparut de nouveau sur le chemin pour le remplir. Une fois qu'il revint, il me le tendit.

— Merci, dis-je en commençant à prendre le seau, mais il ne le lâcha pas.

— Ne me remercie pas encore, lança-t-il d'une voix qui semblait plus rauque. Demande et je te donnerais ce que tu veux, et encore plus.

Je baissai les yeux et son regard fit brûler mes joues.

— Je ne veux rien de toi.

Il libéra le seau et recula, mais me regarda me lever et aller enfiler une peau par-dessus du fin fourreau. Le tissu n'était qu'une pauvre armure contre son regard perçant et mon excitation. Je pressai mes mains contre mes joues, espérant les rafraîchir.

— Où est Ragnvald ?

— À la chasse. Je ne risquerais pas que sa bête fasse surface aussi tôt, mais il semble être davantage lui-même. Il dit beaucoup de bien de tes pouvoirs.

— Il a vanté tes mérites la nuit dernière, rétorquai-je en croisant les bras sur ma poitrine. Il semblait vouloir que je te pardonne. Ou au moins, que je comprenne pourquoi tu as agi comme tu l'as fait.

— Et ?

— Ce qui est fait est fait, prononçai-je en faisant un geste d'impatience. Cela s'est bien passé. J'attends simplement que tu réalises qu'il est en pleine santé, pour que tu nous autorises, mes sœurs et moi, à rentrer chez nous.

Je sentis un bref pincement de culpabilité, car ces derniers temps, je n'avais pas vraiment pensé à la situation désespérée de Muriel et Fleur.

— Est-ce ce que tu souhaites ?

J'ouvris la bouche. Il leva un doigt.

— Je peux sentir le mensonge, dit-il en souriant de manière suffisante quand je me retournai. Ce n'est pas tout ce que je peux sentir.

Je tourbillonnai pour faire demi-tour.

— Tu parles de choses que tu ne peux comprendre, loup.

— Vraiment ? Je n'essaye pas de me cacher à la vue de tous. Tu refuses d'accepter ton corps, petite sorcière.

— Ce n'est pas vrai, protestai-je. Cette humeur est naturelle. Cela passe.

Il ne dit rien, mais vint vers moi comme s'il était en chasse, me bousculant par-derrière. Mes mollets tapèrent contre le lit et je m'arrêtai au lieu de m'allonger devant lui, tel un sacrifice volontaire. Assez proche pour m'embrasser, Maddox pencha sa tête vers la mienne, mais inspira seulement l'odeur de mes cheveux.

— Quand nous avons cherché un remède, nous avons appris tout ce que nous avons pu sur les femmes-spae. Elles sont remplies d'une magie profonde de la terre, compétentes dans la culture des herbes et pour la guérison. Durant la pleine lune, un grand désir sexuel les prend et elles coucheraient avec le diable lui-même.

Sa main enleva une feuille de mon épaule, puis resta là, me faisant de légères caresses.

— Je n'y crois pas, dis-je, même si je savais que c'était vrai.

— Crois-y, sorcière, répondit-il avec un petit sourire satisfait. Quand ton désir deviendra insupportable, tu n'auras pas à chercher un démon. Tu en as deux, ici même.

Je tirai mon épaule d'un coup sec loin de sa main.

— Je ne veux pas de toi.

— Non. Mais, avec le temps, tu auras besoin de nous.

— Jamais, rétorquai-je en le repoussant et il me tira sèchement pour me faire revenir vers lui.

— Ne t'éloigne pas de moi.

La violence de son contact fit marteler mon cœur dans ma poitrine et libéra un torrent soudain entre mes jambes. Il relâcha mon bras comme s'il le brûlait et je reculai rapidement.

— Je n'ai pas besoin de toi, dis-je en coupant court à la conversation. Je suis plus forte que ça.

Il ne bougea pas, comme si un pas en avant casserait net son contrôle.

— Tu es forte, Sabine. Tu as besoin d'un homme aussi fort que toi. Qui s'occupera de tes chaleurs et te fera ressentir toutes les choses dont tu as envie.

— Je ne désire rien, réfutai-je en regardant sa bouche, ce qui fit saliver mes lèvres.

Bien après qu'il fut parti, je sentis ses mots s'installer dans mon cœur et plus profondément, dans le berceau douloureux de mes hanches. Même glisser une main entre mes jambes durant un moment à l'abri des regards, ne me soulagea pas. Je voulais le corps d'un homme sur le mien, ses mains passant le long de ma peau, me vénérant. Maddox avait raison. Toutes mes défenses, toute la raison que j'avais construite au fil du temps, mes pensées rationnelles et conscientes, tout ça s'envola sous le besoin dévastateur. Sous l'emprise de la lune, j'oublierais mes vœux pour rester libre.

* * *

AU CRÉPUSCULE, je travaillai dur au-dessus du chaudron, attendant le retour des guerriers. Je ne vis rien, n'entendis rien, quand quelqu'un attrapa mes cheveux et tira d'un coup sec ma tête en arrière. La douleur me fit m'immobiliser, mais l'odeur de Maddox me fit me détendre. Il se blottit contre la ligne de ma gorge et je m'abandonnai à son contact.

— *C'est ça, Sabine*, dit-il alors que j'entendais ses pensées. *Soumets-toi à moi.*

Mon cœur martela plus fort.

— *Craque, petite sorcière.*

Sa main trouva d'une manière ou d'une autre son chemin sous ma robe, découvrit les plis glissants qui mourraient d'envie d'être touchés. Je gémis et essayai de me tortiller pour partir, mais mes lèvres s'écartèrent sur le point de supplier d'en avoir plus.

— *Oui. Résiste,* déclara-t-il en me tirant sur le lit et m'allongeant. *Combats ton plaisir. Il sera plus grand quand il viendra. Il te consumera.*

— Non, soufflai-je tout haut. Non, non.

Mais, je l'attirai à moi et écartai mes jambes en grand pour qu'il pose sa bouche chaude sur ma chatte. Je haletai alors que sa langue me taquinait, s'enfonçant dans chaque crevasse glissante, trouvant tous mes secrets jusqu'à ce que je tressaille de plaisir.

— Stop… suppliai-je en essayant de le repousser, alors même que mes hanches se soulevaient pour en avoir davantage.

Ragnvald s'agenouilla derrière moi et épingla mes poignets au niveau de ma tête. Mon orgasme grandit alors que la langue d'un des guerriers me baisait et que l'autre me maintenait. Un pincement de mon téton, une chiquenaude de la langue de Maddox, et je me tendis et criai mon plaisir jusqu'aux étoiles. Maddox resta entre mes jambes, lapant paresseusement mes tissus sensibles et je me soulevai à nouveau, spiralant telle de la fumée, seulement pour me durcir, me briser et m'écraser. Encore et encore, jusqu'à ne plus avoir de raison.

Je les suppliai de me baiser, ayant besoin de leurs corps fermes pressés contre le mien, me terrassant, comme si seul le contact de leur chair sur la mienne maintenait mon âme en vie.

— Oui, m'écriai-je soulagée quand ils me remplirent, le délicieux étirement presque douloureux.

Je dansai sur le bord tranchant du plaisir.

— Viens, ordonna Ragnvald. Viens maintenant.

Je le fis en hurlant, grinçant des dents contre l'orgasme si parfait qu'il amena du désir, et l'horreur de ne plus jamais me sentir si complète à nouveau.

Finalement, je flottai quelque part au-dessus de leur lit alors qu'ils m'embrassaient. La douce adoration de leurs lèvres me fit revenir en arrière et je pleurai.

Ils me tinrent, caressant mes membres tremblant, alors que nous nous emmêlâmes sur le lit, trois devinrent un.

— Nous nous promettons à toi, dirent-ils. Donne-nous un ordre et nous le satisferons.

— Laissez-moi partir, suppliai-je, en les étreignant.

Ils saisirent mes mains.

— N'importe quoi, à part ça… ajoutèrent-ils.

JE ME RÉVEILLAI de mon rêve en transpirant. Le clair de lune éclairait la grotte, mais je roulai sur mon ventre et enfouis ma tête dans les peaux.

La chaleur était sur moi. Quand je pressai mes jambes ensemble, mes hanches étaient glissantes. Mes tétons pointaient contre le lit. Je mordis les peaux et priai de tenir, et de ne pas me briser.

LE JOUR vint et je me sentis soulagée de m'être réveillée seule. Après m'être occupée du feu, je pris le seau pour avoir plus d'eau, mais m'arrêtai net quand Ragnvald sortit de la forêt à grands pas, venant vers moi.

— Je ne m'enfuyais pas, bégayai-je. Je voulais simplement de l'eau fraîche.

Le guerrier blond pencha sa tête comme s'il essayait de comprendre. Je reculai et il s'immobilisa tel un loup sentant sa proie.

Il n'y avait aucune humanité dans son regard doré.

— Ragnvald, c'est moi. Sabine.

Les yeux brillants, Ragnvald commença à avancer vers moi, tellement concentré à me traquer qu'il ne vit pas Maddox jusqu'à ce que le guerrier tatoué touche son épaule.

Tournoyant, Ragnvald lui grogna dessus et Maddox bondit. Ils se bagarrèrent et je me mordis la lèvre pour retenir un cri. Plus grand d'une tête, Ragnvald s'élança vers l'avant. Cependant, Maddox le tira en arrière d'un coup sec, gardant son corps entre l'Alpha fou et moi.

— Non, dit Maddox sèchement. Pas elle. Blesse-moi, n'importe qui d'autre. Mais, pas elle.

Je soufflai de soulagement alors que Ragnvald se redressait et semblait reprendre ses esprits. Sans un mot, le Viking disparut à nouveau dans les bois. Maddox le suivit.

Ils n'iraient pas loin, je le savais. Une fois qu'ils disparurent, je courus chercher le seau d'eau. Prenant un tissu en lambeaux, je me lavai entre les jambes, arrosant pour enlever l'odeur. Je frottai jusqu'à ce que ma peau soit à vif et jetai les guenilles dans le feu. Quelques nuits de plus et la chaleur passerait. Du moins, je l'espérais.

Cette nuit-là ils revinrent avec une grande bête à cornes suspendue entre eux. J'avais brûlé tous les bouts de sauge que j'avais jusqu'à ce que de la fumée grise s'installe dans la grotte. Malgré cela, ils ne croisèrent pas mon regard.

Nous mangeâmes ensemble en silence et quand cela fut fini, Ragnvald partit à nouveau. Je sentis une bourrasque mystique qui souleva mes poils, puis un large loup gris et doré trotta vers la caverne et se posa aux pieds du lit d'un soupir.

Il croisa mes yeux pendant un instant et je reconnus le regard doré brillant. Je me couchai, me questionnant sur les mots que j'entendis à l'intérieur de mon esprit.

— *Pardonne-moi.*

CHAPITRE 6

*D*epuis lors, les guerriers restèrent à l'écart aussi souvent qu'ils le pouvaient. Le lent déclin de la lune ne fit rien pour diminuer mon besoin. Au contraire, il augmenta.

Une nuit, après de longues heures à me remuer nerveusement dans les peaux, j'entendis un faible mouvement et ouvris les yeux.

Les deux hommes étaient assis sur le bord du lit, la lueur dans leurs yeux ressemblait à un phare dans la nuit.

Je m'assis. Avant de m'endormir, j'avais essayé de me donner du plaisir, mes doigts frottant en vain pour trouver le soulagement que seul un homme pourrait m'apporter. Même le contact du tissu sur ma peau était insupportable, alors je m'étais déshabillée.

En me réveillant un peu plus, je me souvins que j'étais nue sous les peaux. À la façon dont les hommes fixaient mes épaules dénudées, je sus qu'ils en étaient conscients.

Cela ne faisait rien. La chaleur infectait mon esprit et tout mon bon sens. Au lieu d'agripper les peaux sur ma poitrine nue, je laissai celles-ci glisser et attendis.

Ragnvald bougea et Maddox suivit un poil après, les deux venant se mettre de chaque côté de moi. Au début, ils touchèrent uniquement mes cheveux, les entortillant et les enroulant, les enlevant de mes épaules, loin de mon cou vulnérable. Alors qu'ils retiraient la fourrure de ma chair dénudée, je pressai mes jambes ensemble, mais l'humidité qui coulait de moi était en trop grande quantité pour la cacher. Je luttai pour ne pas me tortiller sous leurs regards.

Enfin, Ragnvald leva ses yeux du centre brillant entre mes cuisses.

— Depuis combien de temps souffres-tu comme ça ?

— Trop longtemps, répondit Maddox à ma place.

Ragnvald enveloppa une main autour de ma cheville. Étudiant mon expression, il glissa une main le long de mon mollet, et puis sur mon genou et ma cuisse.

— S'il te plaît, soufflai-je.

Pendant des années, j'avais aimé et détesté la pleine lune, son influence lumineuse sur le désir dont j'avais souffert en secret. Cela ne me ferait pas de mal de m'abandonner, juste une fois, pour un petit moment.

Maddox vint dans mon dos, ses bras me sécurisant. Je ne luttai pas, j'observai seulement alors que Ragnvald s'agenouillait entre mes jambes. Inclinant sa royale tête, l'Alpha m'embrassa. Sa bouche avait le goût de miel, de la chaleur et du désir. C'était tout ce que j'avais recherché toute ma vie, et quand le baiser se termina, je touchai son visage pour être sûre qu'il était réel. Sa grande main vint aussi à mon visage, avant de se traîner plus bas, balayant ma poitrine dénudée et continuant encore plus bas. Mes hanches se soulevaient déjà, mais il ignora le doux nid à la jonction de mes cuisses, choisissant à la place de caresser la longueur de mes jambes de haut en bas, de petites caresses conçues pour me rendre folle.

Maddox m'attira plus près, mon dos sur sa poitrine nue. Je sombrai contre lui et haletai quand ses mains tatouées prirent mes seins dans leurs paumes. Mes jambes s'écartèrent encore plus à l'exploration de Ragnvald.

— Sais-tu combien de temps ça fait ? grinça Maddox

J'aurais pu pleurer au besoin brut dans sa voix.

— Sais-tu combien de temps nous t'avons attendue ?

Sa prise se serra, faisant palpiter ma poitrine et je compris leur intention délicieuse. Ces guerriers me possèderaient cette nuit, chaque centimètre de moi.

— Sais-tu combien de temps je t'ai cherchée et désirée ? dit Maddox alors que ses lèvres touchaient mon oreille. Chaque nuit.

Ragnvald poursuivit son tourment parfait, tourbillonnant et donnant des pichenettes avec sa langue, dansant plus près, se retirant plus loin, jamais satisfaisante. En revanche, léchant le feu de plus en plus chaud en moi, et les flammes de plus en plus hautes. Il goûta chaque crevasse, chaque endroit secret, alors que ses mains prenaient mon cul.

— Combien de temps devrions-nous te faire attendre ? Combien de temps devrions-nous te torturer comme tu nous as torturés ?

Maddox garda son sinistre murmure alors que ses doigts astucieux mettaient mes seins en cage, les agrippaient, en pinçaient les tétons jusqu'à ce que je me tortille de douleur en me pressant plus contre ses mains. Suppliant sans réfléchir pour qu'il se passe quelque chose, n'importe quoi, et impuissante pour faire quoi que ce soit, à part accepter ce qu'ils voulaient donner.

Ragnvald sembla content de se prélasser entre mes cuisses et laissa sa langue traîner vers le filon intérieur d'une jambe, puis le long de l'autre. Aussitôt que je me détendis, il ajouta des dents, de petites morsures qui firent sursauter mes hanches et mouiller mon centre.

— S'il vous plaît, m'étouffai-je finalement.

L'une des mains de Maddox quitta mes seins et encercla mon cou.

— S'il vous plaît quoi, Sabine ?

Le dur noyau en moi fondit quand il souffla mon nom.

— Supplie pour ce que tu veux, petite. Nous te le donnerons peut-être.

— S'il vous plaît…

La langue de Ragnvald fit un passage plus proche de ma fente suintante et mes hanches ruèrent davantage.

— Dis-nous, petite sorcière, gloussa Maddox en mordillant mon oreille.

Je ruai violemment, essayant de partir, mais les mains de Ragnvald maintinrent mes jambes sans que sa bouche s'arrête. Sa langue fouetta l'intérieur de mes cuisses, y léchant l'humidité.

— Je ne veux pas ça, mentis-je, alors même que mon corps dévergondé fit encore plus couler mes jus pour que Ragnvald les lape.

— Pas de mensonges, dit Maddox alors que sa main se serrait un peu sur mon cou. Les mensonges conduisent les petites à être punies. Mais, dis la vérité et nous te donnerons ce que tu veux.

— Je… ne devrais pas vouloir ça.

— Bonne fille, rétorqua Maddox d'une voix qui s'adoucit. C'est la vérité.

— Tu as dit que si je disais la vérité, vous me laisseriez partir.

— Non. J'ai promis que nous te donnerions ce que tu voulais. Et ça… c'est ce que tu veux.

La langue de Ragnvald donna une chiquenaude en même temps que Maddox dit ces paroles.

Mes mains battirent sur les peaux, agrippant, griffant comme si je pouvais m'accrocher à mon contrôle.

— Vous devez me laisser partir…

En réponse, Maddox déplaça sa main et conduisit ma tête sur le côté, dévoilant la ligne fragile de mon cou et de mon épaule. Il posa sa bouche là, sur mon pouls, et suça.

Ragnvald se rapprocha de mon centre.

Un gémissement débuta en moi, faisant écho depuis un endroit profond à l'intérieur de moi, où j'enfermais tous les désirs que je ne devais pas avoir.

— Vous êtes mes ravisseurs. Vous me gardez dans cette prison…

— Faux, petite sorcière. Nous sommes ceux qui te libèrent.

Quelque chose commença à se construire, à se bâtir, mon corps grimpa tel un oiseau vers le soleil.

— Et nous ne te laisserons jamais partir.

La bouche de Ragnvald toucha le bon endroit, au moment même où les dents de Maddox perçaient la peau de mon épaule. La légère douleur et le plaisir intense s'élancèrent ensemble et je convulsai, une feuille tremblant dans la tempête. Frémissant, je fus reconnaissante des bras puissants de Maddox autour de moi, sa poitrine solide dans mon dos. Ces bras pouvaient me faire du mal et tuer, mais ils pouvaient me protéger.

Des larmes s'échappèrent du coin de mes yeux. Ragnvald vint les enlever en les léchant. Il pressa sa bouche sur la mienne, laissant mon goût sur mes lèvres.

— S'il vous plaît, suppliai-je alors que mes défenses avaient été brisées, je pouvais demander ce que je désirais, ce dont j'avais besoin. S'il vous plaît, baisez-moi.

Mon plaisir s'estompa, laissant un vaste vide. Je ferais n'importe quoi pour qu'ils me prennent. S'ils ne le faisaient pas, je mourrais.

— Patience, rétorqua Ragnvald en se blottissant contre mes seins. Tu feras comme nous l'ordonnons. Si nous désirons que tu prennes mille fois ton plaisir ce soir, tu obéiras.

LEE SAVINO

— Vous me briserez.

— Seulement ta volonté, continua-t-il alors que ses mains erraient sur mon corps pendant que Maddox épinglait les miennes sur le côté. Le reste, nous le garderons en sécurité.

— Mais… commençai-je en élevant la voix et Ragnvald me fit taire d'un doigt sur mes lèvres.

— Tais-toi maintenant. Cette nuit, nous sommes tes maîtres. Tu sers nos désirs.

— N'aie crainte, Sabine, dit Maddox. Nous désirons te donner du plaisir. Nous ne te laisserons plus nier ton désir sexuel.

— Ou le nôtre, ajouta Ragnvald en caressant ma cuisse. Si je pouvais parler avec la déesse, je lui demanderais comment c'est possible qu'une humaine soit si délicieuse ?

La main de Maddox traça le creux au niveau de ma hanche.

— Elle utilise de la gomme à sucre pour adoucir ses jambes.

Pliant ma jambe, Ragnvald embrassa mon genou, puis le lécha. Sa langue fit une trace plus haut et je sentis mon intérieur se serrer, prêt de nouveau à recevoir ses caresses démentes.

— Je peux sentir le goût sucré. L'acide aussi.

Maddox gloussa, un son grisant pour mon oreille. Je le sentis gronder dans sa poitrine.

— Ce n'est pas la gomme à sucre dont tu as le goût, frère.

— C'est divin, dit Ragnvald en se blottissant entre mes jambes pour un instant. Le meilleur hydromel. Du miel et de l'eau-de-vie. Cela éveille l'irrésistible envie d'en avoir plus.

Il vint pour m'embrasser de nouveau, gentiment, de manière raffinée.

— Nous ne serons jamais satisfaits de ta douceur, Sabine.

— Heureusement elle a davantage à offrir. Sa langue bien pendue.

— Mmm, marmonna Ragnvald en prolongeant le baiser. Nous savons comment l'apprivoiser.

Ils passèrent plusieurs minutes à caresser mon corps, en explorant chaque centimètre. Si je luttais, l'un me tenait pendant que l'autre continuait. Maddox trempa son doigt dans ma chatte. Ragnvald soupesa mes seins. Ils me touchèrent partout, excepté là où j'en avais le plus besoin, et mon excitation dansa jusqu'au paroxysme de la fièvre.

— S'il vous plaît, soufflai-je. J'ai besoin de vous.

— Lequel ? demanda Ragnvald en levant sa tête, la faim dans ses yeux me coupa la respiration.

— Je… Je ne peux pas choisir.

Si l'un d'eux me quittait, je ne pourrais le supporter. Maddox me déplaça dans ses bras pour que je puisse voir son visage, aussi bien que celui de son frère d'armes. Le clair de lune brillant dans la grotte était tout juste suffisant pour révéler tout leur besoin dénudé.

— Vous deux, murmurai-je finalement, la bouche sèche. J'ai besoin de vous deux.

— Nous te donnerons ce dont tu as besoin, ma douce, répondit Ragnvald en plaçant une main sur ma jambe. Combien d'hommes as-tu connus ? Je demande pour que nous ne te fassions pas de mal au moment venu.

Je pouvais à peine réunir mes esprits.

Maddox se baissa et pinça mon téton.

— Combien, Sabine ?

— Aucun. Seulement des garçons jouant les hommes.

— Hmm, marmonna Ragnvald alors qu'il tirait son pagne sur le côté. J'inhalai un souffle irrégulier, à la fois choquée et remplie de désir.

— Tu es plus gros que n'importe lequel des autres, m'étranglai-je.

Il ne sourit pas, mais je sentis son plaisir. Une part de lui était encore humaine et fière.

— Nous t'emmènerons là, dit-il en touchant les pétales de mon sexe, en ne caressant pas tout à fait la petite bosse sensible.

Ses doigts glissèrent jusqu'à mon trou du cul, rôdèrent dessus.

— Et là. Mais pas ce soir.

— Non, s'il vous plaît. J'ai besoin que vous soyez en moi.

— Comme ça ? demanda Ragnvald en trempant ses doigts dans mon centre humide, écartant deux d'entre eux pour m'étirer alors que son pouce courait le long d'une lèvre rebondie et s'arrêtait près de la nodosité de mon plaisir.

Je gémis alors que le désir gonflait en moi, se pressant à l'intérieur de mon esprit. Quand il enleva sa main, je m'écriai et frappai jusqu'à ce qu'il leste mes jambes avec les siennes, les gardant écartées.

— J'adore entendre ses supplications, déclara Maddox en me déplaçant dans ses bras et serrant un bras autour de ma taille juste en dessous mes seins.

Les doigts de Ragnvald retournèrent me caresser légèrement.

— Peut-être que nous devrions la garder comme ça jusqu'à la prochaine pleine lune. Courbaturée, mouillée, enchaînée au lit, dit-il en me faisant un clin d'œil. Elle aime cette idée. Elle a eu un spasme contre ma main.

— Nous te ferions supplier pour tout ce dont tu as besoin, la nourriture et l'eau, et la libération, renchérit Maddox en détournant l'histoire.

— Un bon jeu.

— Tiens-la, frère, dit Maddox en m'offrant au Viking. Je n'ai pas encore goûté.

Ils échangèrent les positions, me bougeant entre eux tel un sac de grains. Pas de grains, mais plutôt un trésor fait d'ivoire et de perles, avec les cheveux filés d'or. Mais, alors que Ragnvald me tenait tendrement sur ses genoux, que

Maddox écartait mes jambes, je sentis la domination dans leur contact. J'étais leur trésor, leur possession. Ils feraient ce qu'ils voudraient de moi, pour aussi longtemps qu'ils le souhaiteraient.

— Superbe, dit Maddox.

Il était assis entre mes jambes, fixant mon centre humide. Ragnvald me tint quand j'essayai de me tortiller pour partir.

— Reste tranquille, Sabine.

Je détournai mon visage du regard intense de Maddox sur ma chatte.

— S'il vous plaît, prenez-moi juste.

— Silence, murmura Maddox en me touchant, un doigt tournant autour de mes lèvres inférieures, mais ne faisant rien d'autre. Regarde-moi.

Je serrai les yeux en les fermant.

— Sabine. Fais ce que je dis.

Le poing était de retour autour de mon cœur, pressant, me donnant envie de me cacher. Ces hommes avaient voyagé et avaient eu maintes femmes. Comment pouvaient-ils me regarder comme si j'étais la seule qu'ils voulaient sur terre ?

— Sabine, je ne te le dirai pas à nouveau.

J'obéis.

— Garde tes yeux sur moi, ordonna-t-il.

Alors qu'il continuait son exploration légère comme une plume de mon endroit le plus intime, je combattis l'envie de fermer mes yeux, de plier mes jambes et de partir en me tortillant.

Ragnvald fléchit des bras tels des cordes autour de moi, me tenant plus fort, me rappelant qu'il pouvait facilement contrôler ma lutte.

La main de Maddox tomba au centre de mes jambes, giflant ma chatte. Je couinai et luttai, alors même que la gifle faisait un bruit humide.

— Elle aime ça, constata Maddox en léchant mon fumet sur sa main.

— Là, dit Ragnvald en bougeant sa jambe pour épingler les miennes qui tremblaient, les écartant encore plus. Fais-le encore.

Une autre gifle, puis des doigts tendres dansants. Le plaisir me frappa comme un coup de poing, puis dansa juste hors de portée.

— S'il vous plaît. Pas plus.

— Encore, ordonna Ragnvald, et avec un sourire mauvais, Maddox obtempéra.

Je hurlai, les maudissant et me tortillant comme une folle contre la charpente musclée de Ragnvald. Je voulais les baiser, je voulais les tuer. Le désir rassemblait ces actes en une et unique intention.

— Elle aime quand c'est éprouvant, observa Maddox. Voyons comment elle aime ça.

Se penchant, il fit des mouvements de langue du haut en bas de ma fente d'une caresse plus légère. J'arrêtai de lutter et fondis dans les bras de Ragnvald. Maddox soutint mon regard. La vue de mes jambes pâles encadrant son visage décharné était la plus belle chose que j'avais jamais vue.

Un gémissement se brisa au plus profond de moi, long et bruyant, tel un hurlement de loup. Maddox n'arrêta jamais de me conduire vers le plaisir, qui rivaliserait même celui que Ragnvald m'avait donné. Ma chatte palpitait sauvagement. Les yeux à présent clos, Maddox pressa ses lèvres sur mon centre en un baiser d'adoration. Sa violence m'accablait, mais sa douceur causerait ma perte.

Maddox glissa un doigt dans mon cul alors qu'il me portait vers le précipice. Je fis une ruade quand je réalisai à quel point il m'avait envahie, mais entre ça et sa bouche sur ma chatte, j'étais submergée. Le plaisir prit mon esprit, me secouant dans son emprise. Il m'emmena au-delà du royaume des mots, vola mon souffle, fit tourner ma vision vers le noir.

Quand ma vue revint, je vis Maddox devant moi, léchant ses lèvres.

— Tu satisfais, Sabine.

— Tu fais plus que satisfaire, fit Ragnvald en écho.

Il glissa prudemment loin de moi et me déposa sur le lit. Maddox partit mouiller un tissu et revint pour le presser sur ma chair enflée, encore palpitante. Les deux hommes me nettoyèrent et lissèrent mes cheveux, pendant que je flottais sur le lit.

Quand ils bordèrent les peaux autour de moi et commencèrent à partir, je m'éveillai.

— Attendez, vous partez ? Qu'en est-il… demandai-je alors que leur désir évident tendait leurs habits. Je peux vous servir. S'il vous plaît, je le veux.

Étendue sur le lit, je savais que je ressemblais à une sirène, les cheveux blonds renversés le long de mon dos, les tétons durs et les lèvres rouges de leurs baisers. J'étais désireuse et courbaturée. Ils hésitèrent, échangeant un regard.

— Tu n'es pas prête, petite sorcière.

— Mon corps est douloureux du désir de vous avoir. S'il vous plaît, prenez-moi.

Ils parurent déchirés.

Ils n'étaient pas satisfaits de mon seul désir. Ils devaient me posséder.

— Non, Sabine. Tu dois être sûre.

— Quand tu te donneras à nous, il ne devra y avoir aucune hésitation, aucun repli. Nous revendiquerons ton corps. Chaque partie de toi sera à nous. Tu nous appartiendras pour toujours.

— Et nous t'appartiendrons.

* * *

Alors que la lune grimpait plus haut et disparaissait au-delà du toit de la caverne, j'étais posée sur le lit, courbaturée. Le plaisir qu'ils m'avaient donné avait seulement affûté mon envie d'en avoir plus. Mais, ils avaient refusé de continuer jusqu'à avoir mon entière soumission.

Levant ma tête, je croisai les yeux de Maddox. Aucun des guerriers ne dormit. L'odeur de mon désir sexuel était suspendue, si épaisse dans l'air que même moi je pouvais le sentir. Cela serait de la torture pour ces hommes qui étaient devenus des loups.

Finalement, je roulai sur mon flanc pour leur faire face.

— Pourquoi ?

— Nous te ferions déshonneur de te prendre dans ton état anormal.

J'agrippai les fourrures pour m'éviter de les fustiger. J'étais censée être la plus forte.

— Quand un loup prend une compagne, c'est pour la vie. Ils sont liés, connectés avec des liens plus forts que n'importe quel lien fraternel ou de meute.

— Je ne veux pas m'accoupler, lançai-je. Je veux juste baiser. Vous pouvez certainement mettre de côté votre sens de l'honneur pour une nuit.

Ma gorge parut vive de frustration et rauque d'avoir crié mon plaisir plus tôt.

Maddox détourna le regard. Ragnvald secoua la tête.

— Je vous déteste, dis-je d'un ton sec et m'allongeai de nouveau sur le lit.

Je pouvais presque entendre Maddox dire : « *C'est de la bonne colère, petite sorcière. Utilise-la.* »

S'il y avait une manière de séduire ces guerriers, sans me lier à eux pour toujours, je la trouverais. Me retournant, je m'enroulai sur mon flanc avec un soupir.

Ce serait une longue nuit.

* * *

JE BOUDAI TOUTE LA MATINÉE, même si je fus seule jusqu'au midi. Maddox émergea finalement des bois. Le regard tendu sur son visage me montra qu'il était à bout de son contrôle.

— Ragnvald est avec la meute, me dit-il quand je lui demandai. Si tu pries, petite sorcière, demande pour que la paix règne sur cette rencontre. Sa bête ne répondra pas bien aux menaces.

— Si son contrôle est si fragile, pourquoi l'as-tu laissé y aller ?

— Il a besoin d'établir sa place dans la meute. La rencontre réaffirmera les liens de la meute, les renforcera, donnera à la meute la force dont ils ont besoin pour contrôler leur bête.

Je soufflai et fis des allers-retours jusqu'au feu, faisant chauffer de l'eau pour faire le ménage.

Je soulevai les peaux pour les aérer.

Je le sentis dans mon dos et m'immobilisai.

— Ne t'inquiète pas, petite sorcière. Il reviendra bientôt.

— Je m'en fiche s'il revient ou pas. Je m'en fiche de revoir ou non l'un ou l'autre d'entre vous.

— Je sais que tu penses que nous sommes cruels.

— Bien sûr que je le pense. Tu m'as kidnappée pendant la nuit. M'as enchaînée pour appâter un monstre. Tu as emprisonné mes sœurs pour garantir ma coopération.

Ma chatte palpitait avec colère, me rappelant qu'aucune de ces choses n'avait d'importance. Je les pardonnerais à Maddox ainsi qu'un monde de péchés, s'il m'allongeait simplement sur le lit et me baisait.

— Et pourtant tu ne me touches pas quand je le demande. Pourquoi ne me laisses-tu pas simplement partir ?

Rejetant un souffle, il commença à s'éloigner en marchant.

— T'en as rien à faire de moi, murmurai-je.

Aussitôt qu'il fit demi-tour, je sus que j'avais fait une erreur.

Il passa à côté de moi sans s'arrêter, mais attrapa une poignée de cheveux pour me traîner à nouveau dans la grotte, au-delà du sol propre sablonneux où j'avais bâti notre foyer, jusqu'au renfoncement froid et humide, rempli de toiles d'araignées, où l'obscurité me griffa. Je m'écriai quand des choses décampèrent sous mes pieds.

— Là, grogna Maddox, pointant une large pierre retenant le lien avec lequel Ragnvald avait été enchaîné.

Les runes l'avaient empêché de briser le fer et de la forcer.

— C'est là que j'ai gardé mon meilleur ami, un frère qui a sauvé ma vie d'innombrables fois et même chaque jour, si tu considères le fait qu'il a gardé à distance ma bête. Il a accepté la tare lui-même. Et, ne s'est jamais plaint.

— Tu me fais mal, criai-je.

— Tu es gâtée, cracha-t-il. Tu n'as jamais connu un jour d'inquiétude…

— Je… ? commençai-je en me tordant et le griffant jusqu'à ce qu'il me libère. Ce que je donnerais pour être un homme avec un dixième de ta force. J'ai vécu dans la peur, loup. Ma mère s'est mariée avec un homme qui la battait et qui a violé ma sœur. Il est mort avant qu'il puisse me toucher, mais pas avant qu'il en finisse d'une certaine façon avec ma sœur. Sa mort a conduit ma mère à boire. J'ai porté ma famille et gardé mes sœurs au chaud, à l'abri, nourries, tout en gardant à distance les hommes du village. Il n'y a pas eu un jour où je me suis demandé si je pouvais continuer de marcher sur la fine ligne entre la nourriture et la faim, la sécurité ou la disgrâce. J'ai survécu.

Mes poings se retroussèrent sur mes flancs.

— J'ai prospéré. Et, puis, tu m'as kidnappée et je ne serai plus jamais la même.

Ma voix fit écho creusement dans la grotte. Mes mots, quand ils atteignirent mes oreilles, ne semblèrent pas être les miens.

Je voulais rentrer à la maison. Mais, la maison n'existait plus. Même mes sœurs seraient secouées de leur illusion de sécurité. Comment pouvais-je les protéger de ce qui se tapissait dans le vaste monde ?

— Tu as fait le vœu de ne jamais te lier à un homme parce que tu essayes de te protéger. T'es-tu demandée de quelle façon cela te faisait du mal ?

Je frottai mes mains sur mon visage.

— J'ai besoin de sortir. S'il te plaît, juste pour cet après-midi, laisse-moi sortir.

— Viens, dit-il en tendant sa main. Je t'emmènerai récolter des herbes.

* * *

MADDOX COUPA du bois pendant que je gardais ma tête baissée et que je réunissais des herbes le long des berges du ruisseau forestier. S'affairer côte à côte semblait naturel et bénin, mais mon corps résonnait encore de ma frustration et de ses mots sévères.

Les moments où je m'étais allongée avec un villageois, j'en avais profité. Il y avait les habituelles promesses chuchotées et les engagements ardents, mais ils ne signifiaient rien au-delà de l'intensité du moment.

Mon instinct me dit que ces Berserkers me lieraient à eux, et pire, que je désirerais être leur esclave pour toujours.

Regarder simplement Maddox manier sa hache, les tatouages sinuant sur ses épaules puissantes, fendant un grand chêne d'une force qui fit voler des éclats de bois, me fit me sentir toute chose. Si j'osais penser à la nuit dernière, je me souviendrais de la façon dont mon corps s'était comporté, comme s'il avait attendu toute ma vie leurs caresses.

Ils avaient attendu des siècles pour les miennes.

Tournant mon dos à Maddox, je continuai de récolter les succulentes dont j'avais besoin. J'étais une guérisseuse, rien de plus, rien de moins. Je pouvais me concentrer sur mon travail et trouver ma place parmi ces hommes, avant de me perdre moi-même.

Après quelques minutes, je réalisai qu'à la place du son d'une hache découpant un arbre en deux, il n'y avait que du silence. Pas le silence d'une forêt remplie de bruits d'insectes et de chants d'oiseaux, mais un silence réel, le type qui arrivait quand un prédateur était proche et que toute proie retenait son souffle.

Mes poils se dressèrent alors que je reconnus un grognement, un bruit de reniflement dans les broussailles.

— Maddox ?

Une ombre émergea des arbres et je trébuchai en arrière avant de me souvenir de la forme de loup de Maddox. Cette créature était plus grosse que n'importe quel loup naturel, avec de la fourrure noire épaisse tachetée de marron et un soupçon de canines pointues. Il ne dénuda pas immédiatement ses dents et je ravalai ma peur.

— Maddox, est-ce toi ?

Pas de réponse du grand loup noir. Je campai sur mes positions alors qu'il penchait sa tête vers moi, mais quand il grogna à nouveau, je ne pus m'empêcher de reculer. Assez grand pour m'arriver pratiquement à l'épaule, et une fois et demie plus long, pourtant les traits les plus perturbants de la créature étaient ses yeux, brillant d'une lumière mystique.

Laissant tomber mes herbes, je fuis. Une seconde plus tard, les mâchoires du loup claquèrent d'un coup sec près de mes jambes. Je n'eus pas le temps de crier en courant directement vers la grotte, priant pour que la bête de Maddox se souvienne de moi.

Je sentis un souffle chaud sur mon cou juste alors que je faisais une embardée autour d'un arbre et arrivais face à face avec Maddox, dévalant la clairière pour me sauver.

— Baisse-toi, aboya-t-il.

Je me laissai tomber par terre et roulai, puis je me cramponnai au sol alors que le grognement vaincu du loup se mêlait au rugissement furieux de Maddox. Quand j'osai regarder, il n'y eut qu'un méli-mélo de fourrure noire et de muscles tatoués. Maddox avait le loup dans son étreinte.

Je criai alors. Bien que guerrier, Maddox ne serait pas à la hauteur face aux grands crocs d'une bête.

Mais, quand Maddox et le loup se séparèrent, le guerrier ne ressemblait plus à un homme. Son corps avait grandi et ses bras paraissaient plus longs, et comme il se recourbait, ils caressaient presque le sol. De géantes griffes germaient de ses mains et ses canines étincelaient dans sa bouche.

Un cri mourut dans ma gorge.

— Sabine.

Ragnvald était à mes côtés, me soulevant et me portant à l'intérieur de l'abri relatif qu'était la grotte.

J'agrippai son justaucorps.

— Tu dois l'aider.

— Il a le combat bien en main, assura Ragnvald, pourtant il paraissait sombre.

Je risquai un coup d'œil en arrière, mais la lutte avait dû se décaler dans la forêt, laissant quelques arbres cassés dans leur sillage.

— As-tu été blessée ? demanda-t-il en me posant et faisant courir sa main sur moi.

— Je…

Ma tête fit un mouvement brusque vers une forme sombre émergeant de la forêt. Maddox. L'homme tatoué paraissait fatigué, mais humain, même si ses canines étaient particulièrement longues.

Je courus à lui et Ragnvald me laissa y aller. Maddox m'attrapa et me tint proche, sans me serrer contre son corps. Ses bras et sa poitrine n'avaient aucune marque, mais les hauts-de-chausse qu'il avait portés étaient en loques et lacérés.

— Qu'est-ce que c'était ? demandai-je en commençant à chercher des blessures et Maddox m'attrapa gentiment les poignets. Tu vas bien ?

— Je vais bien, réussit-il à répondre après un moment, d'un grognement guttural.

— Tu… Tu t'es juste précipité dessus… Tu ne t'es pas arrêté.

Je déglutis à présent, à moitié entre le hoquet et un sanglot sec. Je ne pouvais pas prendre assez d'air.

Maddox laissa tomber mes mains et m'attira dans ses bras.

— Détends-toi maintenant, grogna-t-il sous mon oreille alors qu'il tenait tendrement ma tête sur sa poitrine. Tu es en sécurité. Aucun mal n'a été fait.

— Respire, Sabine, ordonna Ragnvald.

Je me concentrai sur le fait de faire rentrer de l'air dans mes poumons.

— Qu'est-ce qui s'est passé ? demanda Maddox à son Alpha au-dessus de ma tête.

— Un de la meute. Il a dû me suivre et l'a sentie. C'est ma faute…

— Non, ce n'est pas vrai, dis-je en me retirant de Maddox aussi loin que me laissaient aller ses bras. Je me suis écartée trop loin… J'étais stupide…

— Silence, commanda Ragnvald, pas méchamment. Tu es ici selon notre volonté et nous avons promis ta protection. Nous sommes des Berserkers. Il n'y a nulle part dans le monde entier où tu devrais avoir peur de marcher. Et, encore moins sur notre territoire.

Il soupira et sa contenance royale disparut.

— Cela dit, je te demanderais de rester à proximité de l'un de nous jusqu'à ce que je sois plus fort. Quand je serai à pleine puissance, je serai capable d'aider les plus faibles dans leur contrôle. La responsabilité est la mienne et la mienne uniquement.

Il inclina sa tête et attendit que je hoche la tête et accepte ses excuses.

Alors que Ragnvald partait en allongeant le pas pour traiter avec l'intrus, Maddox resta. Il sembla détester me laisser partir.

Je fis voleter mes mains dans le petit espace entre nous.

— Je vais bien. Cela m'a juste surprise, c'est tout.

— Regarde-moi, petite sorcière.

Un sourire adoucit ses traits. Mon souffle se bloqua dans ma gorge face au changement. Son visage n'était plus uniquement frappant, il était magnifique.

— Tu paraissais vraiment inquiète pour moi.

— Bien sûr, dis-je en reposant ma tête contre lui. Si tu meurs, qui me haïra ?

Un gloussement vibra sous ma joue et je fermai les yeux, trouvant la paix dans le son parfait. Maddox me tint juste et je le laissai me caresser les cheveux pour les enlever de mon visage.

Le souvenir de son contact s'attarda quand je m'éloignai finalement.

— Il n'y a pas un membre de la meute qui peut être meilleur que moi. Même Ragnvald et moi sommes égaux. Tu n'as pas besoin d'avoir peur.

— Je n'ai pas peur, répondis-je en roulant des yeux.

Quand j'essayai de le repousser, il verrouilla ses bras autour de moi.

— As-tu un baiser pour ton champion ?

— Laisse-moi partir, Maddox. Ou je dirai à Ragnvald que je veux voir qui est le meilleur de vous deux. Je me tiendrai en retrait et prierai qu'il arrache ta langue.

— De si doux mots, Sabine. Si tu me détestais vraiment, tu lui demanderais de me trancher la gorge.

— Continue de parler et je le ferai.

* * *

RAGNVALD REVINT PEU de temps après, essayant d'ignorer Maddox alors qu'il me souriait comme un imbécile.

— C'était Gunnr, rapporta l'Alpha. J'ai appelé ses frères d'armes pour le garder sous surveillance.

— Va-t-il bien ? demandai-je.

Ragnvald parut surpris que je m'enquière du bien-être de mon attaquant.

— Il fait partit de la meute, dis-je en haussant les épaules. Si l'un de vous est blessé, les autres le ressentent, pas vrai ?

Je ne sus pas comment je savais ça, mais le lent clignement des yeux de Ragnvald me dit que j'avais raison et que j'avais parlé d'un secret que je n'aurais pas dû savoir.

Finalement, Ragnvald pencha sa tête.

— Les Berserkers guérissent vite. Maddox a fait assez de dégâts pour le chasser.

Maddox accepta gracieusement la louange.

— Pas besoin de le tuer. Gunnr a senti Sabine et ne pouvait résister. Je connais ce sentiment.

— Comme moi. Mais, cela ne peut pas toujours tenir, dit Ragnvald d'un ton plus sévère. Ses frères guerriers le garderont sous sa forme de loup et il sera mis à l'écart de la meute pour quelques jours en punition et comme avertissement pour le reste d'entre eux. Il apprendra à mieux se contrôler ou la prochaine fois, nous le couperons de la meute.

— Maddox m'a dit que c'était une mort certaine, déglutis-je.

— Un loup solitaire est un loup mort, accorda Ragnvald. Mais, ce sera une justice méritée pour attaquer ce qui m'appartient. Comme la meute est sous mon contrôle, quiconque te menace ou cherche à revendiquer ce qui n'est pas à eux, devra se justifier devant moi.

— Et moi, grogna Maddox.

— L'honneur reviendra dans la meute. Les guerriers se soumettront, sous la menace du bannissement, dit Ragnvald. Jusqu'à ce jour, nous serons prudents et te surveillerons, petite sorcière.

— Au départ, je n'ai pas fui, lui racontai-je, ignorant les regards intenses qu'ils me jetaient tous les deux. Je pensais que c'était Maddox.

— Mon loup est plus sombre. Un vrai noir.

— Ce n'est pas ta faute, Sabine. Je formulerai les règles. Plus je suis fort, plus je peux les faire appliquer. En tant qu'Alpha mon contrôle devrait être le meilleur, et devrait s'étendre aux membres les plus faibles.

— Si c'est un membre de la meute, qu'en est-il des autres ? demandai-je en ayant une pensée horrible. Mes sœurs sont avec ces hommes.

— Tes sœurs sont en sécurité, me calma Ragnvald. Nous ne les gardons pas près de la meute. Seuls les membres les plus forts les gardent.

— En plus, tes sœurs n'ont pas de cycle avec la lune comme toi, dit Maddox. Quand la chaleur est sur toi, ton odeur est comme l'appel d'une sirène.

Je rougis.

Ragnvald éclaircit sa gorge.

— Muriel et Fleur ne sont pas en danger. Je te donne ma parole. Ce qui me fait me rappeler…

Ragnvald tendit la main dans son sac et me donna une

couronne de fleurs faite à partir de vignes tressées entre elles, un lien de fleurs bleues et un autre avec des blanches.

Mes sœurs jumelles les confectionnaient pour le marché. Muriel choisissait la vigne et Fleur faisait le tissage de ses doigts astucieux.

— Merci, m'étranglai-je.

Je mis le tressage à ma bouche et me retournai, les jumelles me manquaient tellement que j'avais le vertige. Je sentis du soulagement de savoir mes sœurs en sécurité et de l'étonnement que le destin nous conduise à un endroit pareil, mais pas de haine pour mes ravisseurs. Me souvenant de la chaleur sur mes talons alors que le loup Berserker m'avait attaquée, je cherchai la haine, le blâme, mais il n'y en avait pas. Il n'y en avait plus.

Cette pensée me mit en état de choc et après avoir posé le tissage avec mes affaires, je couvris mes yeux brûlants.

— Sabine ?

Mes épaules se recroquevillèrent alors que des mains douces me touchaient les cheveux.

— Tu n'as pas besoin de te cacher de nous, Sabine, jamais.

Je haletai de douleur alors que le nœud dans ma poitrine se défaisait, mes larmes venant spontanément comme si toute la peur que j'avais portée pouvait être lavée. Des bras puissants me soulevèrent et me portèrent jusqu'au lit, où Ragnvald me tint et me berça pendant Maddox caressa mon bras alors que je pleurai.

— Tu es si forte. Tu n'as pas besoin de l'être maintenant. Laisse-nous te supporter un petit moment.

Couvrant ma bouche pour que ce que je ressentis ne se déverse pas, je me démêlai de leur étreinte et m'assis sur le lit. Ils hésitèrent, caressant mon dos et mes cheveux.

— Tu prends soin de nous, continua Ragnvald. Pouvons-nous prendre soin de toi ? Peux-tu nous faire confiance à ce point ?

— Je ne peux pas, répondis-je en fixant fermement le sol. J'ai fait un vœu, de ne jamais m'abandonner à un homme. Je vous veux plus que ce que je ne le pensais possible. Et, je ne préfèrerais pas.

Mes mains voletèrent inutilement.

— Cela me déchire en deux, dis-je en inspirant d'un souffle irrégulier, luttant pour être calme. J'aurais voulu être faite de pierre.

— Si tu l'étais tu ne serais pas qui tu es, murmura Ragnvald. Tu ne serais pas capable de nous soigner.

Je me mordis la lèvre. L'amour était une faiblesse. Si je m'y abandonnais, je leur serais liée à jamais. Il n'y aurait plus de Sabine sans Maddox ou Ragnvald. Je ne pouvais pas prendre le risque.

Maddox s'agenouilla devant moi.

— Sais-tu comment les Berserkers sont apparus ?

Je clignai des yeux au changement de sujet.

— La sorcière les a changés en guerriers pour le roi.

— C'est de cette façon que ça a été pour la plupart de la meute, mais pas pour tous. Pas pour moi.

Il tint mes mains et les posa sur mes genoux alors qu'il racontait l'histoire.

— Dans mon ancien pays, Ériu, j'étais un prince appelé à devenir roi. Mais, j'étais fier. Je pensais que mon pouvoir provenait du fait de régner d'une main ferme. Une nuit d'hiver, une vieille femme est venue supplier à ma porte, mais, au lieu d'avoir de la clémence, je l'ai chassée. Pendant trois nuits, elle est venue pour demander de l'aide. Ces trois nuits, j'ai rejeté sa demande, pensant qu'être indulgent envers des servants me rendrait faible aux yeux des autres. La troisième nuit, elle perdit son déguisement et se révéla être une magicienne. Parce que je n'avais pas montré de clémence, elle ne m'en montra pas. Elle me maudit d'une magie corrompue qui me mena à devenir une bête enchaînée. Je devins un paria parmi mes propres gens. Si je pouvais parler à mon moi plus jeune et plus fier, je lui dirais que la bonté et la compassion ne font pas d'une personne quelqu'un de faible.

— Je peux être douce et indulgente, mais… rétorquai-je alors qu'un sanglot menaçait de m'étrangler.

— C'est plus que ce que nous méritons, après ce que nous avons fait, murmura Maddox en levant un tissu pour tamponner mes larmes. Peut-être que ce sera suffisant.

Je pris son visage dans mes mains, mes doigts caressant les cicatrices et les volutes bleues marquant les décennies. Il avait tout perdu. S'il ne m'avait pas emmenée, il aurait tout perdu à nouveau. Il n'y avait aucune malice dans son expression, juste de l'admiration, de la tendresse et quelque chose de plus.

— Je suis désolée que la sorcière t'ait maudit.

— Je ne le suis pas, répondit-il en tournant sa tête et en embrassant ma paume. Cela m'a mené à toi. Et, tu vaux n'importe quelle souffrance.

Je souris et sa langue tourna pour me taquiner, mordiller mes doigts.

Ragnvald balaya les cheveux de mon cou et poussa du nez l'épaule opposée à celle que Maddox avait marquée. Je gémis alors que leurs caresses donnaient naissance à mon désir, un océan d'excitation se mouvant.

Je parlai avant de perdre tout bon sens.

— Comment peux-tu dire des choses pareilles ? Sûrement que ça aurait été mieux de ne jamais me rencontrer, plutôt que de faire face à des décennies de luttes et de souffrances.

— Peut-être, dit Maddox. Mais, ce n'était pas écrit.

Ses mains tombèrent à mes chevilles, glissant le long de ma robe.

— J'ai accepté ma destinée, petite sorcière. Il est temps que tu acceptes la tienne.

— Assez de bavardages, dit Ragnvald, mais pas à moi. Nous avons besoin de la revendiquer. Il est temps.

Maddox monta sur le lit et me poussa des genoux de Ragnvald pour que je sois assise entre eux.

— Me revendiquer ? demandai-je en tournant ma tête pour regarder l'un, puis l'autre.

— Cela te donnera notre protection. Assurera ta sécurité quand tu seras à nouveau face à la meute.

— Mais que…

— Chut, fit Maddox en posant un doigt sur mes lèvres. Tu le veux. Je t'ai regardée danser sur les affections des hommes du village. Tu étais fatiguée d'eux et n'as amené aucun d'entre eux dans ton lit. Nous feras-tu te ramener à eux pour briser ta chaleur ? Ne mens pas, ajouta-t-il d'un ton pour m'avertir.

— Non. Je ne les veux pas.

— Alors tu resteras, dit Ragnvald. Parce que nous ne te permettrons pas de partir.

Il prit un poignet et Maddox prit l'autre, me menottant avec des mains rugueuses et de bras musclés aussi efficacement que des liens de fer.

Mon sang fredonnait et l'odeur de mon excitation était assez épaisse pour s'en étouffer. Ils avaient emporté mon choix et je me sentais libre.

— À présent, frère, lequel d'entre nous devrait la revendiquer le premier ? demanda Ragnvald.

— Je vais commencer, comme je suis celui qui l'a trouvée et l'a surveillée au village, pendant des lunes et des lunes.

Maddox me tira pour lui faire face et prit ma joue dans ses paumes.

— Et quelle bonne chasse ce fut, dit-il en m'embrassant et m'embrassant encore, affamé, désireux.

Quand il recula, il parut plus sombre.

— Aujourd'hui, dans les bois, j'aurais pu te perdre.

— Non, murmurai-je. Vous étiez là. Je savais que vous me protègeriez.

— Sabine, grogna-t-il. Je ne mérite pas la confiance dans tes yeux.

Poussant le guerrier tatoué sur son dos, je me cabrai sur lui et fis ce que je voulais faire depuis que j'avais vu sa forme nue bâtie au milieu de la contrée sauvage pour la première fois. Posant ma bouche sur la poitrine de Maddox, j'utilisai ma langue pour tracer des lignes et des volutes sur ses tatouages. Ses muscles dansèrent sous ma bouche alors que sa respiration devenait irrégulière. Je donnai une chiquenaude de ma langue contre l'un de ses tétons.

— Tu seras ma mort, dit Maddox en reprenant son souffle.

— Une bonne façon de mourir, rétorqua Ragnvald.

Il avait sorti sa bite et la caressait lentement de toute sa longueur en nous regardant.

Embrassant la longueur du large plat de la poitrine de Maddox, je trouvai la trace de ses poils noirs menant au creux entre ses hanches. Il resta immobile comme si les arêtes et les plaines de son abdomen étaient réellement sculptées dans la pierre, mais quand ma langue s'aventura plus bas, il se tendit comme sous la douleur.

Je m'arrêtai, levant ma tête.

Ses mains rugueuses tinrent ma tête tendrement.

— Ne t'arrête pas. Ne t'arrête jamais.

Je tournai mon visage et embrassai sa paume.

Ses mains étaient larges, balafrées, peintes avec des tourbillons bleuâtres sous les poils râpeux. Elles pourraient soulever un rocher, briser des bandes de fer, tuer un homme, mais à présent elles touchaient mes tempes et glissaient dans mes cheveux, me ramenant sur lui et me maintenant immobile pour son baiser.

Il prit ma bouche comme s'il soufflait un siècle de souffrance en moi et je le laissai, ouvrant ma bouche, l'invitant. Quand le baiser se termina, il laissa une main en poing dans mes cheveux et pressa nos fronts l'un contre l'autre.

— J'ai attendu si longtemps pour te toucher, dit-il avec des mots qui grincèrent comme s'ils avaient été stockés profondément en lui, où ils n'auraient plus jamais vu la lumière du jour. Quand je t'ai vue la première fois, je ne pensais pas que tu étais réelle.

Il repoussa d'une caresse quelques mèches qui étaient parties de ma tresse.

— Des cheveux comme du miel, une peau comme le lait. Tu étais à ton stand au marché, entourée de couronnes d'herbes et de fleurs. Je voulais t'acheter toi et te tenir dans la paume de ma main.

Je restai immobile, planant au-dessus de lui alors que sa main patinait le long de ma forme dénudée, entre mes seins, sur mon ventre, pour me prendre entre les jambes. Deux de ses doigts entrèrent en moi. Son toucher ondula au travers de mon corps et à ce moment, je lui appartenais. Il était un dieu et j'étais sa prêtresse, un sacrifice enthousiaste, prête à me balancer sur le bûcher. Ses doigts bougèrent en moi et je n'étais plus une femme, mais une flamme dansant sur son désir.

D'un sourire, Maddox continua le mouvement de ses doigts jusqu'à ce que le plaisir ondule en moi. Cela fit picoter mon intérieur, une démangeaison qui ne pourrait qu'être calmée par une bite dure en moi.

En un instant, Maddox nettoya ses doigts de coups de langue et puis, j'étais étendue sur mon dos, essoufflée, les bras épinglés sur les côtés de ma tête.

— Maddox, dis-je alors que mes hanches commençaient à bouger. Je veux…

— Non, Sabine, répondit Ragnvald. Tu ne demandes rien. Tu es nôtre et tu fais ce que nous voulons.

Je gémis.

— Détends-toi. Laisse-toi aller.

Les muscles tendus, Maddox se baissa jusqu'à ce que sa queue caresse mon entrée. Je luttai pour la pousser et l'accepter dans mon corps, mais il me garda épinglée pendant qu'il se tenait au-dessus de moi. Doucement, les yeux dans les miens, il roula ses hanches, taquinant mes plis de sa bite en fer.

Finalement, j'arrêtai de me battre et me détendis sous le guerrier. Mes mains capturées.

— S'il te plaît.

Il m'embrassa, fort, et alors que sa langue perçait ma bouche, sa verge s'enfonça en moi. Je l'acceptai profondément dans mon corps, une déclaration totale.

Roulant, il me positionna au-dessus, où sa bite me remplit encore plus. Rebondissant de haut en bas, je me transformai en une chose sauvagement dévergondée.

Il sortit et je gémis quand il me tint par les hanches, refusant de me réinstaller sur sa queue.

— Occupe-toi d'abord de mon frère d'armes.

Ma tête s'inclina en arrière alors que Ragnvald tirait sur mes cheveux, me positionnant à quatre pattes devant Maddox. Ma chatte eut un spasme, hurlant silencieusement de désir, et mon corps resta souple et accommodant pour l'Alpha alors qu'il me bougeait là où il voulait que j'aille. La douleur concise sur mon crâne me fit couler à flots, mon corps reconnaissant son maître.

Avec une main à l'arrière de mon cou, Ragnvald força ma tête vers le bas et me transperça de derrière, frappant contre mes hanches alors que j'agrippai les peaux. Maddox sourit en regardant Ragnvald me prendre, caressant sa bite encore dure. La vision envoya du plaisir palpiter en moi.

Agrippant mes cheveux, Ragnvald me tira hors du lit, à

genoux. Ses dents trouvèrent mon épaule et mordirent dedans.

Je m'écriai. La douleur étincela en des brasiers de plaisir, ce qui fit rugir le désir en moi. L'Alpha hurla alors que ma chatte ondulante le pompait. Malgré son jeu sévère, ses mains, alors qu'il me guidait de nouveau sur le lit, étaient douces.

Je clignai des yeux vers Maddox. Je m'étais installée entre ses jambes, ma joue presque sur sa cuisse. Sa bite se tenait en l'air tel un étendard. Aussitôt que mon corps ne fut plus de la gelée, je rampai sur lui et l'engloutis dans ma bouche. Suçant jusqu'à ce que mes joues se creusent et que des gémissements vibrent en moi, je le fis éjaculer avec un cri, puis je me rassis, satisfaite. De la semence dégoulinait de mes lèvres et se répandait de mes plis.

Fixant les deux hommes, je léchai mes lèvres lentement.

— Encore ?

CHAPITRE 7

*L*a lune brillait sur nous, éclairant le firmament jusqu'au matin. Nous bougeâmes et atteignîmes des sommets ensemble sur les peaux, encore et encore, alors que les deux guerriers brisaient mes chaleurs et le sort de la déesse sur moi. Ma forme bougeait entre leurs deux corps, l'un abîmé et l'autre pure, rempli du propre pouvoir de la déesse. Des vagues de désir me percutèrent, frappant mon centre, faisant tomber tous mes murs et mes défenses. Le rugissement de mon orgasme me submergea, mais mes amants me tinrent, sécurisèrent mon corps pendant que mes pensées brûlaient vers le ciel telles des étoiles filantes.

Quand je m'effondrai, ils me tinrent tendrement et me bercèrent.

* * *

EN ME RÉVEILLANT à la mi-matinée, Ragnvald me fit un baiser rapide et partit à la rencontre de la meute. Maddox resta, sifflant alors qu'il empilait du bois à côté du feu. J'attendis jusqu'à ce que son dos soit tourné, puis m'accroupis pour essuyer mes jambes d'un tissu humide, ainsi que les tendres plis au milieu d'elles. J'avais quelques hématomes, je remarquai avec satisfaction et mon sexe était irrité et bouffi. L'eau fraîche fit du bien.

Une ombre tomba sur moi et je me levai avec hâte en jetant le chiffon au loin.

— Qu'est-ce qu'il y a, Sabine ? Encore timide avec tes amants ?

— Je ne suis pas ta maîtresse, loup, dis-je en redressant mon peignoir.

— Qu'en est-il de la nuit dernière ? demanda-t-il après une pause étonnée qui m'avait presque fait rire.

— C'était de la luxure, lui répondis-je avec dédain.

Le choc s'envola, laissant un mauvais sourire suffisant. Je reculai alors qu'il me suivit.

— Était-ce du désir sexuel lorsque tu m'as plaqué quand j'ai essayé de quitter le lit ? De la lubricité quand tu as crié mon nom et m'as fait promettre de rester en toi pour toujours ? Tu m'as marqué.

Il se tourna et me montra des éraflures à vif sur son dos.

— Je suis désolée…

— Je ne le suis pas, continua-t-il en s'immobilisant. Regrettes-tu ce que nous avons fait, Sabine ?

— Non, non, dis-je de manière impatiente. J'ai apprécié. Je l'ai autorisé.

— Ce n'est pas ce que j'ai demandé, rétorqua Maddox en se pressant plus près, fronçant les sourcils.

— Pendant que le soleil est haut, je vais aérer ceci, annonçai-je en saisissant une peau et l'empoignant devant moi.

— Sabine, articula Maddox en tirant sur la fourrure avant que je puisse m'enfuir. Dis-moi ce qui ne va pas.

— Tout va bien, observai-je d'un ton agacé. Tu accordes juste plus d'importance à la nuit dernière que ce qu'elle mérite vraiment. Maintenant, laisse-moi passer.

— Rappelle-toi des règles, Sabine, ordonna-t-il d'un ton sévère en me laissant partir, ce qui me fit m'arrêter. Pas de mensonge.

— Je ne mens pas. La nuit dernière, je vous désirais, vous me désiriez, et nous nous sommes amusés.

— Et ?

— Et… rien. Qu'est-ce qu'il reste à dire ? Vous avez pris mon corps… dis-je en rougissant. Plusieurs fois. Je suis reconnaissante. La chaleur se calme après la pleine lune, mais quand je m'abstiens, le désir ne part jamais vraiment.

— Et maintenant ? Est-ce que le désir est parti ?

Je fis une pause. La luxure de la lune était partie, mais à présent, un sentiment plus chaud et plus doux palpitait en moi.

— L'œstral est terminé. Je suis rassasiée.

— Te rappelles-tu le début ? demanda-t-il d'une voix qui sonna comme un grondement profond que je sentis au berceau de mes hanches. Nous avons fait le vœu de te revendiquer.

— Je me souviens. Comme je l'ai dit, vous n'avez rien pris que je ne voulais pas donner.

— Ce n'est pas la façon dont fonctionne une revendication.

— Comment ça marche alors, loup ?

— Je te le dirais, répondit-il avec un large sourire. Mais ce sera plus marrant de te le montrer.

— Parfait, dis-je en balançant mes mains en l'air.

— Je dirai à Ragnvald que tu ne crois pas que tu nous appartiens quand il reviendra, déclara Maddox en gloussant.

— Je ne vous appartiens pas.

— Oh oui, dit-il avec un sourire qui ne fit que s'élargir. Ça va être drôle.

* * *

MAIS QUAND RAGNVALD REVINT, ils parlèrent seulement du bien-être de la meute. J'écoutai avec intérêt.

— Les frères guerriers de Gunnr l'ont emmené dans une longue mission de battue. Ils surveilleront la frontière. La bête sera contente de passer sa frustration sur de quelconques intrus importuns et si elle se libère, ils seront loin de toute tentation.

— Qu'est-ce qu'un frère d'armes ? demandai-je.

— Des guerriers de la meute qui partagent un lien plus fort. Nous sommes tous liés ensemble, comme tu l'as deviné, mais certains plus proches que d'autres. En tant qu'Alpha, je peux sentir n'importe qui dans la meute, retirer de la force d'un grand nombre pour en aider quelques-uns.

— Comment se forme le lien fraternel ?

— La magie de la meute fait ce qu'elle veut, dit Ragnvald en haussant les épaules.

— Je sais comment s'est formé le nôtre, dit Maddox. J'ai sauvé la vie de Ragnvald, et il a sauvé la mienne. Le lien entre nous est devenu plus fort après ça.

— Est-ce que la bête l'affaiblit ?

— Seulement parce que je la laisse faire, répondit Ragnvald. Si je glissais dans la folie, je ne voudrais pas entraîner Maddox avec moi. Alors, je laisse la bête le ronger et l'effilocher.

— J'aurais voulu que tu ne le fasses pas, murmura Maddox doucement. J'aurais pu t'aider plus longtemps, si notre lien était resté fort.

Le silence s'étira entre eux, rempli de souffrance jamais révélée.

— Peut-il être réparé ? demandai-je d'une voix vive.

— C'est possible, affirma Maddox d'un ton plus joyeux. Il l'a déjà été. Le lien permet à deux loups dominants de travailler ensemble, plutôt que de se battre. C'est grâce à cela que nous pouvons diriger la meute en tant qu'égaux et partager une femme.

— Pas simplement la partager, corrigea Ragnvald. S'accoupler avec elle.

Avant qu'il puisse en dire plus, je l'interrompis.

— On dirait que la pluie est en train de venir. Pouvez-vous me conduire au ruisseau avant qu'elle ne tombe ? Je souhaiterais récolter de la saponaire avant le givre.

Amusé, l'Alpha accepta. J'ignorai le gloussement de Maddox.

* * *

CET APRÈS-MIDI-LÀ, une lourde pluie nous fit rester à l'intérieur. Je m'occupai en organisant mes herbes, pendant que Maddox affûtait une lame et que Ragnvald fixait le feu, l'intensité de son regard me dit qu'il était profondément dans ses pensées. Réparant probablement le lien de la meute, même s'il paraissait ne rien faire du tout.

Le souvenir de nos ébats amoureux s'attardait. Les hommes avaient leur propre façon de ne pas me laisser l'oublier, un contact d'une main, une gentille traction de mes cheveux alors que je passais à côté d'eux vers le feu, un million de petites caresses qui faisaient chantonner mon corps. Ils m'avaient de nouveau attachée, cette fois sans chaîne. Ils avaient menotté mes pensées à leur sujet, et même s'ils me laissaient partir, je ne serais plus jamais la même.

Je commençai à faire les cent pas à l'embrasure de la caverne, fixant la forêt agitée, au-delà des vagues de pluie.

— Tourmentée, Sabine ? m'appela Maddox. Nous pouvons te trouver quelque chose à faire.

Je me tournai, les mains sur les hanches.

— À moins que la nuit dernière ait essoré toute la luxure

hors de ton délicieux corps, ajouta-t-il alors, puis leva un doigt. Non. Ne mens pas. Nous pouvons te sentir d'ici.

— Bien, admis-je en levant le menton. Je vous veux. Tous les deux. Mais ça ne veut rien dire.

— Un jour nous te punirons de tes mensonges… pas à nous uniquement, mais à toi-même. D'ici là, tu souffres assez, niant ce que tu souhaites.

— Et qu'est-ce que je veux ?

Aussitôt que je parlai, je sus à quel point cette question était dangereuse.

Maddox posa son travail et vint vers moi.

— Tout. Tu veux tout.

— Et nous te promettons la même chose, rétorqua Ragnvald sans perdre sa concentration, mais ne la dirigeant désormais plus vers le feu. Tout ce que nous avons à donner est à toi.

Je jetai maints coups d'œil autour de la grotte.

— Bien que je… j'apprécie votre compagnie, une fois que tu seras guéri, je préférerais retourner au village.

— Et qu'est-ce qui t'attend là-bas ? demanda Maddox. Une vie de corvées ? Marier une brute, lui donner quinze bébés criards, espérant qu'une poignée vivra ?

Je pressai mes lèvres l'une contre l'autre.

— Sabine. Tu peux être davantage. Nous pouvons être plus.

— Je ne peux pas… suppliai-je en secouant la tête. S'il vous plaît.

— Maddox, déclara Ragnvald semblant fatigué. Laisse-la tranquille.

— Très bien. Je laisserai tomber… pour le moment. Il y a des choses plus intéressantes avec lesquelles s'occuper.

Son sourire devint joueur.

— D'abord, il y a la question de ta punition.

— Punition ? En plus de l'exil ? protestai-je en faisant un

signe de la main montrant la caverne même si elle était devenue un endroit presque plaisant. Que me ferez-vous d'autre ? M'enchaîner à l'extérieur sous la pluie ?

— Bien sûr que non, se moqua Maddox. Qui réchaufferait nos bites ce soir ?

Je jetai une peau vers sa tête et il l'attrapa.

— Certainement pas moi.

— Un autre mensonge, déclara-t-il en tapotant son nez. Juste la mention de punition est suffisante pour t'exciter. Je me demande pourquoi ?

Croisant les bras devant moi, je décidai de jouer le jeu. Le besoin palpitait en mon centre, pas la chaleur de la lune, mais une sensation différente, plus basique, comme si la nuit dernière avait seulement ouvert la porte au désir et m'avait donné un aperçu de ce que je pouvais avoir. Une goutte de pluie et maintenant, je voulais un océan.

— Très bien. Je suis curieuse. Pourquoi me punissez-vous ?

— Plus tôt, tu as nié nous appartenir. Tu es nôtre, Sabine et il est temps que tu apprennes ce que ça veut dire.

Il recula et fit un signe de tête à Ragnvald. Leur humeur était légère, joviale, comme s'ils jouaient un jeu bien écrit à l'avance. Aucun des deux ne sourit, pourtant.

— Tu es sous notre protection. Si tu te comportes mal, il y aura des conséquences.

— Des conséquences ?

— La meute dépend d'un équilibre prudent des pouvoirs, expliqua Ragnvald. Ceux qui défient quelqu'un de plus fort se font remettre à leur place. Mais, les femelles sont rares. Elles sont souvent plus faibles et doivent être chéries. Les compagnes humaines sont les plus faibles de tous. Alors les loups-garous disciplinent leurs compagnes différemment.

— Vous allez me frapper, alors ?

— Pas tout à fait.

— Quoi alors ?

Maddox bondit. Je me retrouvai la tête en bas sur ses genoux avec mon fourreau autour de ma taille. Je donnai sauvagement des coups.

— Qu'est-ce que tu fais ?

— Je te montre comment tu vas être punie.

Il passa une main sur mon derrière et pressa chaque fesse.

— Arrête ça !

Ma lutte conduisit seulement à ce qu'il m'épingle les jambes sous l'une des siennes et qu'il sécurise mes mains dans le creux de mon dos. Mes pieds voletèrent alors qu'il caressait mon cul, puis il abaissa fortement sa main.

Mon indignation fit écho au travers de la caverne. J'essayai de me tordre et Maddox me tint encore plus fort.

— Ça en fait une, dit-il et me fessa encore, plus fort.

Cette fois cela piqua.

— Ça suffit !

— Non, ça fait deux.

Ragnvald rit. Je lui balançai des jurons et haletai quand Maddox fit voler une bourrasque de fessées que me fit danser sur mon ventre. La piqure n'était pas insoutenable, mais l'humiliation d'être épinglée et punie comme une vilaine enfant l'était.

— Je te tuerai, loup.

Maddox répondit en giflant le haut de mes cuisses. La douleur sur ma chair sensible amena des larmes dans mes yeux et je trouvai prudent de rester silencieuse.

— Tu penses qu'elle a appris sa leçon ?

— Je vais lui demander, dit Maddox. Nous obéiras-tu, Sabine ? Tu ne parleras pas, acquiesces seulement.

— Je…

Une nouvelle salve sur mon derrière dénudé me fit serrer les dents.

— Essayons à nouveau. Obéiras-tu ? Tu n'as pas la permission de parler.

Je fis un mouvement brusque de la tête, une fois.

— Bonne fille.

Il n'arrêta pas de me fesser, mais varia les coups. Ils vinrent rapides et violents, tranchants et lents, sur tous les quadrants de mon cul arrondi. Les moins appréciés furent les gifles aux sommets les plus tendres de mes cuisses. Je ne luttai plus, mais j'eus beau essayer, je ne pus anticiper les coups.

Je me tendis alors que Maddox abattit sa main à maintes reprises sur un seul endroit jusqu'à ce qu'il soit chaud, et puis un autre.

— Respire Sabine, ordonna-t-il et je réalisai que j'avais retenu mon souffle. Je le laissai sortir d'un coup.

— *Laisse aller,* chuchota quelque chose en moi.

Je me détendis sous l'assaut et une sensation de paix remplit immédiatement mon corps. Ils étaient mes hommes et ils ne me feraient pas de mal.

Maddox avait dû sentir ma capitulation, car il s'arrêta et pressa les fesses de mon derrière, poussant la sensation d'euphorie plus haut.

— Tu te débrouilles tellement bien. Et ton cul est d'un beau rose agréable.

Il ajouta deux volées tranchantes sur mes assises. La douleur se rua dans ma tête et se transforma, se changeant en quelque chose de plus. Ma chatte était douloureuse, ouverte, en manque d'affection.

Je m'écriai, poussant dans ses mains alors qu'elles se courbaient sur mon derrière.

Il le prit dans ses paumes, appréciant la chaleur, mais ses doigts descendirent entre mes jambes et je gémis à nouveau. Mon dos s'arqua, cherchant sa caresse.

— Par la lune, souffla-t-il. Tu es trempée.

Ragnvald rit.

Aussitôt qu'il laissa aller, je me tordis dans ses bras, les mains comme des griffes pour l'attaquer. Il me saisit facilement, et me fixa par surprise alors que je claquais mes dents d'un coup sec et grognai à son visage. Ma lutte augmenta et ses mains se serrèrent sur mes poignets.

— Arrête ça, ordonna-t-il et quand cela ne me calma pas, il me renversa sur le dos et m'épingla de cette façon.

Mes hanches se soulevèrent, le suppliant. Je gémis et haletai, une créature sauvage et dévergondée faite de désir.

— Semblerait que tu aies déchaîné le loup en elle, gloussa Ragnvald. Je peux sentir son musc d'ici.

Me tenant en bas sous lui, Maddox me fixa. Je dénudai mes dents, mais ne parlai pas. Je n'avais pas besoin de parler.

— Que vas-tu faire avec elle ? entendis-je dire Ragnvald alors qu'il s'approchait plus près.

— La baiser, répondit Maddox d'une voix grave qui me fit me serrer d'envie. La baiser fort.

Son corps se laissa tomber sur le mien, pressant contre les bons points d'une délicieuse intention.

— Est-ce ce que tu veux ? interrogea-t-il alors que ses hanches pivotaient et que sa bite échouait contre mon centre. Tu peux parler.

— Oui, gémis-je. S'il te plaît.

— Tu as été mauvaise de m'attaquer. Comment appelles-tu une petite qui mord son maître ?

— Méchante. Je suis très mauvaise.

J'admettrais n'importe quoi, s'il continuait le mouvement de ses hanches contre les miennes.

— S'il te plaît.

— Que mérites-tu ?

— Une punition.

— Tu as trop apprécié la dernière. Cela ne t'a rien appris du tout.

— Peut-être une punition différente alors, suggéra Ragnvald.

— À quatre pattes, Sabine, commanda Maddox en me renversant. Mets ton cul haut en l'air.

J'attendis comme ça jusqu'à ce que quelque chose de frais se répande dans la crevasse de mon cul. Je bondis en avant.

— Qu'est-ce que c'est ?

— Non, dit Maddox alors que sa main fendait ma fesse nue. À quatre pattes. Tu obéiras.

À contrecœur, je m'agenouillai de nouveau. Maddox tira ma chemise au-dessus de ma tête pendant que Ragnvald s'affairait derrière moi.

— Une profonde inspiration, Sabine. Par intermittence.

Quelque chose poussa contre mon trou du cul, brûlant et glissant.

— Cela t'étirera pour nous, pour qu'un jour nous puissions te revendiquer ensemble.

Je geignis à l'étrange sensation, mais ma chatte dégoulina d'empressement.

— S'il vous plaît, baisez-moi.

— Satisfais-moi d'abord, dit Maddox en présentant sa queue à mes lèvres.

Je le suçai, m'affairant aussi bien que je le puisse. L'endroit entre mes jambes se sentait tellement vide.

Ragnvald tourna le bulbe dans mon derrière, poussant et tirant, m'étirant jusqu'à ce que j'y sente une petite sensation.

— Concentre-toi, ordonna Maddox en attrapant ma tête. Donne-moi du plaisir.

— Je vais te fesser à présent, dit Ragnvald. Mords-le et nous te pendrons par tes poignets à un arbre dehors et te flagellerons de haut en bas jusqu'à ce que chaque partie de toi soit rayée. Compris ?

J'acquiesçai. Avec une main dans mes cheveux, il me guida pour avaler Maddox. Alors que je suçais, la paume dure de

Ragnvald attrapa le dessous de mon cul, me poussant en avant. Les coups piquèrent, mais étaient supportables. J'agitai la tête docilement alors que Ragnvald me punissait. Ma chatte palpitait et je ne pouvais plus le supporter.

— S'il vous plaît, s'il vous plaît, gargouillai-je autour de la bite de Maddox.

Ragnvald se mit à genoux derrière moi et agrippa mes cheveux, les tirant en arrière.

— Le plug reste à l'intérieur.

Il sombra dans mon humidité, merveilleusement profond.

Les guerriers bougèrent ensemble, l'un à l'arrière et l'autre au niveau de ma bouche. Le plug me fit me sentir prête à voler en éclats.

Des gémissements me secouèrent, frémissant, utilisant ma langue sur la verge de Maddox.

— Soumets-la.

Les doigts de Ragnvald mordirent mes hanches. Il jura alors qu'il venait profondément en moi. Je tremblai, arrivant à peine à rester à quatre pattes.

Maddox me maintint d'une main, une main douce.

— Change.

La seconde à laquelle je goûtai mon nectar sur Ragnvald, je fus perdue. Je devins sauvage en lapant mon propre goût, comme si je ne pouvais en avoir assez.

— Par les dieux, souffla-t-il.

— Tiens-toi prêt, prévint Maddox.

— Ouvre, ordonna Ragnvald pour que je prenne sa bite encore loin dans ma bouche.

Maddox supporta mes hanches et puis commença à donner des coups en moi.

Au deuxième mouvement, je vins. Dans tous mes états, je déglutis autour de la queue de Ragnvald et il se retira. Haletant, je laissai tomber ma tête et je m'accrochai de toutes mes forces.

— C'est comme ça que nous baisons les mauvaises filles qui ont oublié leur place. À quatre pattes, sans défense.

Je me balançai vers l'avant avec chaque poussée. Mes poings agrippèrent les peaux, mais firent peu pour m'arrêter d'être labourée vers l'avant. Un orgasme parti et passé, j'accélérai vers le prochain, ma chatte aspirant avec gourmandise, s'arquant pour en prendre plus à l'intérieur.

La queue de Ragnvald dansa devant moi, giflant mes joues avant qu'il ne la saisisse et la caresse.

Maddox grogna et baigna mon cul de sa semence.

— Tu as de la chance. La prochaine fois que nous te punirons, nous te baiserons et laisserons notre semence sécher sur ta peau. Tu ne prendras aucun plaisir, juste l'odeur de notre soulagement.

Il fessa mon derrière par avertissement, mais je ronronnai simplement de satisfaction.

* * *

Cette nuit-là, les hommes ne s'arrêtèrent jamais de me toucher et me laissèrent à peine me lever toute seule. Pendant que Maddox rôtissait de la viande, Ragnvald me tenait sur ses genoux et me donnait de petites gorgées depuis la corne qu'il tenait. La boisson semblait forte et enivrante, et je devins bientôt étourdie. Quand la nourriture fut finie, Maddox me nourrit de bouts de choix et me fit lécher ses doigts. J'enveloppai ma langue autour de chacun, riant bêtement de ce jeu.

Alors que la lune montait, j'étais étendue sur une peau entre eux. Maddox frottait mon pied et Ragnvald caressait mes cheveux alors qu'ils étaient assis et racontaient des histoires de leur passé. Le vent fit sauter quelques étincelles et je levai mes mains comme si je pouvais les attraper.

— Alors Sabine, à quel point aimes-tu être notre

compagne ? demanda Ragnvald d'un sourire en baissant la tête vers moi.

Les caresses des hommes envoyaient déjà des flammes lécher entre mes jambes. Ma voix était chuchotante et passionnée.

— Je suis contente.

— Nous avons trouvé une façon de satisfaire notre femme, gloussa Maddox. La fesser, puis la baiser.

Il leva mon pied et embrassa mes orteils pour alléger l'arrogance de son ton.

— Suis-je votre femme alors ? demandai-je même si j'étais trop détendue pour me quereller.

— Tu l'es depuis quelque temps, ou tu n'aurais pas été capable de guérir Ragnvald.

Je supposai que c'était vrai.

— Comment avez-vous su que j'étais la bonne ? Que la sorcière ne vous mentait pas ?

Ragnvald et Maddox échangèrent des regards lors d'une de leurs longues pauses.

— Ta sœur.

— Quelle sœur ? Muriel ou Fleur.

— Aucune des deux.

Il fit une assez longue pause pour que je devine ce qu'il allait dire et pour qu'en réponse, mon cœur s'effondre à mes pieds.

— Brenna, m'écriai-je en m'asseyant.

— Vous la connaissez ? Où est-elle... pouvez-vous m'emmener la voir...

— Elle appartient à une autre meute de Berserkers, dit Ragnvald. Ton beau-père leur a vendu. Ils ont cherché pendant longtemps, comme nous l'avons fait, une femme marquée par un loup comme l'avait prédit une sorcière.

— Marquée par le loup ? demandai-je, mais compris l'instant d'après. Sa cicatrice par l'attaque du chien.

— Oui. Elle a été attaquée par un loup quand elle était jeune. La magie était forte en elle et nous pensons qu'elle a attiré un loup-garou enragé. Il a essayé de s'accoupler avec elle.

— S'accoupler avec elle ?

— La mordre, expliqua-t-il en montrant son épaule.

Je réalisai que les deux guerriers avaient mordu mes épaules pendant nos ébats amoureux.

— Les morsures d'accouplement. Elles les portent à présent, de ses vrais compagnons, les alphas qui l'ont revendiquée.

Ma main se posa sur ma gorge où une boule s'était formée. D'une manière ou d'une autre, je réalisai ce que j'avais cru dans mon cœur, mais dont je n'avais jamais pu être certaine.

— Elle est en vie.

— Et, bien, continua Maddox. Elle souhaite aussi te voir.

— Nous ne t'avons pas parlé d'elle tout de suite parce que dans le passé, sa meute et la nôtre nous sommes querellés et nous en savions peu à part qu'elle vivait. Nous avons envoyé des émissaires d'un côté comme de l'autre, dans l'intérêt de ta sœur et toi.

— Quand la verrai-je ?

— Il y a une assemblée, un Rassemblement, très semblable à ceux que nous avions. Nous t'emmènerons et te présenterons, ferons la paix avec eux, et puis tu seras capable de voir ta sœur.

Ma main glissa sur ma poitrine où la joyeuse douleur rendait difficile ma respiration. Maddox se mit à genoux devant moi et me prit la main.

— Je pensais que vous m'aviez tout volé, chuchotai-je. Mais… à présent, vous semblez être ceux à tout me donner.

— Nous ressentons la même chose, petite, murmura Ragnvald dans mon dos.

— Nous sommes ton destin, dit Maddox, et pour une fois, je ne luttai pas contre cette déclaration.

— Avant que nous rencontrions la meute de Brenna au Rassemblement, tu dois être nôtre, m'informa Ragnvald. Ils veulent remercier la femme qui les a sauvés.

J'acceptai, et quand le jour se pointa, je demandai que nous allions d'abord au ruisseau pour que je puisse me baigner et me préparer.

Alors que je sortais de l'eau, essorant mes cheveux, j'avais espéré avoir un nouvel accoutrement à la place de la vieille robe fatiguée que j'avais rincée et posée dans le maquis à sécher. Après avoir haussé les épaules en pensant à mon fourreau, j'allai chercher la peau, mais elle avait disparu.

— Tu cherches ça ? demanda Maddox sortant des arbres en tenant une robe, pas mon vieux fourreau, mais un nouveau, un charmant brocart vert et or.

— Où l'as-tu eu ?

Je notai qu'il paraissait très beau avec de nouveaux hauts-de-chausses en peau de biche et ses cheveux gominés en arrière de sa propre trempette dans le bassin.

— Nous avons envoyé un loup au marché. Nous ne pouvons pas t'avoir nue quand tu rencontreras la meute, bien qu'ils apprécieraient.

Maddox déposa la robe.

— Mais d'abord…

Me soulevant, il s'assit sur le rondin le plus proche, défit sa culotte et m'installa sur sa bite. J'agrippai ses épaules, m'arquant en arrière alors qu'il me remplissait. Les mains sur ma taille, il me fit rebondir sur son épaisse baguette jusqu'à ce que mes cris fassent écho sur la cascade.

— C'était pour quoi ? articulai je après mon orgasme.

— Te marquer, répondit Ragnvald derrière moi.

Maddox me retira avec un ploc, et me maintint alors que Ragnvald me penchait vers l'avant pour me baiser de derrière. Le guerrier blond se sortit à la dernière minute, giclant sur l'arrière de mes jambes sa semence.

— Je viens juste de me baigner ! protestai-je.

— Ouais, dit Maddox avec un sourire. Et, maintenant tu sens comme nous à nouveau. Et, nous sentons comme toi.

Quand je me retournai, Ragnvald avait préparé la toge et m'aida à mettre mes vêtements. Les deux hommes portaient de nouveaux hauts-de-chausses et de nouvelles bottes, bien que leurs poitrines soient nues.

— Un cadeau de plus, dit Maddox en tirant mes cheveux en arrière, permettant à Ragnvald de placer un torque en argent enroulé de filaments d'or qui s'associait aux bagues de bras qu'ils portaient autour de leurs biceps puissants.

— Ce torque montre que tu es à nous, expliqua Ragnvald, et le tordit autour de mon cou avec un air de cérémonie. Je me promets à toi, Sabine d'Alba. Je vivrai et mourrai pour toi, et te prodiguerai les plus grands soins.

Il me fit un léger baiser et Maddox répéta l'action et redit les mêmes mots.

— Viens, stipula Maddox en tendant sa main vers moi.

Je la pris, ressentant de la joie et de la crainte simultanément. Tellement de choses avaient changé. Je pensais que ces guerriers avaient réduit ma vie en bouillie, mais à présent, ils semblaient s'affairer à réunir ma famille.

— Tu comprends que nous ferons ce que nous devons pour te protéger ? demanda Maddox.

— Oui.

— Il y a des règles auxquelles tu dois obéir, Sabine, continua Ragnvald après que Maddox lui ait fait un signe de tête. Cette rencontre avec la meute sera un test pour toi, et te préparera à te joindre à nous pour le Rassemblement. Tu ne dois jamais nous désobéir en public. Reste silencieuse et garde ta tête baissée et les yeux au sol.

— Quoi ? soufflai-je.

— Ce sont les termes, dit Ragnvald d'une voix grave et sérieuse. Les loups attendent un niveau de soumission de la part de leurs femmes.

— Je ne suis pas un loup.

— Non, mais tu nous appartiens. Tu ne fais qu'un avec nous et à travers nous, tu fais partie de la meute. Tu vivras selon les règles de la meute ou tu seras punie.

Je grinçai des dents. Ragnvald attendit une réplique cinglante qui ne vint jamais.

— Pour la dernière règle, continua-t-il après avoir finalement hoché la tête. Tu resteras derrière moi en tout temps.

— Comment saurai-je où aller si mes yeux regardent le sol ?

— Tu me suivras, dit-il en levant une petite chaîne légère et l'attachant au torque.

— Non, répondis-je, mais il recula et tira sur la laisse en métal.

Je me forçai à ne pas le fustiger.

— Tu me conduiras comme une chienne ?

— Tu es chanceuse que ce ne soit pas à quatre pattes, comme les loups femelles.

Il tira à nouveau sur l'attache et je l'agrippai pour l'empêcher d'aller vers l'avant.

— Je… commençai-je, mais mes mots moururent dans ma gorge.

Je voulais voir mes sœurs, mais je ne voulais pas faire ça.

— C'est humiliant.

— Les loups et les guerriers vivent et meurent selon des règles strictes. Orales, mais des lois de la même façon. Nous avons tous à trouver notre place dans la meute. Je suis le meneur. Même s'il était un étranger au début, Maddox est plus fort et plus intelligent que les autres et il m'a sauvé la vie. La meute l'accepte comme mon second.

— J'ai dû me battre pour ça. Je le fais encore, parfois, ajouta Maddox.

— Mais tu ne peux pas te battre. Même si nous te permettions de prétendre dominer, tu ne pourrais pas vaincre le guerrier le plus faible, Sabine. Cela te place au plus bas de la meute. Cette chaîne te protège, te déclare comme nôtre.

— Cela me fait sentir comme une esclave.

Mes joues brûlaient, de colère et d'embarras, et de quelque chose de plus. Enchaînée et saisie au collet, avec l'extrémité de la laisse dans la main de Ragnvald, je me sentis telle une récompense de guerre, disputée et désirée. Mon traître de corps répondit à tout ça comme s'il avait eu la baise éprouvante il y a cinq minutes. Le sourire sur le visage de Maddox m'informa que les guerriers pouvaient sentir mes vrais sentiments.

— Esclave ou consort, quelle est la différence ? déclara Maddox. Tu viens et pars selon notre autorisation. Tu manges ce que nous te donnons. Tu partages notre lit.

— Je ne ferai plus ça, rétorquai-je en lui lançant des regards furieux.

— Très bien, rigola-t-il. Nous ne te forcerons pas.

Il frotta le dos de sa main sur ma joue avant de faire un pas en arrière.

— Nous te laisserons nous supplier.

— Tu es nôtre, dit Ragnvald et je ne pouvais nier le désir qui monta en moi après l'intensité de sa déclaration. La nôtre à chérir. La nôtre à posséder. Et, tu obéiras.

— Je ne veux pas faire ça, murmurai-je.

D'un soupir, Ragnvald enveloppa les liens autour de sa main, écourtant la laisse et m'approchant. Mais, quand il parla, sa voix était douce.

— Cette chaîne te protège. Nous ne rendrons pas visite à la meute sans que tu ne la portes. Un jour, tu seras capable d'y aller sans. Quand la bête sera dressée et que nous vivrons comme des hommes et des femmes normaux. Mais, pour le moment... c'est trop dangereux. Nous dardons les règles de la meute. Pour la sécurité de tout le monde.

Mon estomac s'agita à la pensée d'être présentée à la meute comme une esclave. Mais, je le ferais, sinon pour mes guerriers, alors pour Muriel et Fleur.

— Je la porterai, déclarai-je finalement après une profonde inspiration. Juste, s'il vous plaît, quand nous verrons mes sœurs...

— Nous ne te le ferons pas porter devant elles. Nous les gardons séparées de la meute et nous le retirerons quand nous serons seuls avec les femmes.

— Mais tu porteras le torque, insista Maddox. Toujours.

— Très bien, acceptai-je en mettant mes doigts sur les liens délicats.

D'un petit sourire d'approbation, Ragnvald marcha en avant. Je le laissai me conduire, frottant presque ses flancs avec mes yeux sur le sol. C'était plus facile de garder mon regard baissé pendant que je le suivais.

— C'est ça, Sabine, lâcha Ragnvald qui semblait très content, presque fier. Reste près de moi.

Nous marchâmes à travers la forêt, et j'oubliai ma honte. La journée était tellement belle, je levai les yeux vers les oiseaux en vol, la lumière dorée filtrant au travers de la canopée. Le plus loin nous allions, le plus je sentais une odeur enivrante, sauvage et inhabituelle. J'entendis un rugissement au loin et demandai finalement ce que c'était.

— La mer, dit Maddox.

Il protégea de près nos arrières, alors que nous sortîmes des arbres. Ragnvald s'arrêta et je m'oubliai presque et bougeai pour le dépasser. La laisse tendue m'arrêta. Les joues de nouveau brûlantes, je repris ma place aux côtés de Ragnvald, un pas en retrait. Le grand chef semblait très sérieux.

— Rappelle-toi, Sabine, ne regarde aucun membre de la

meute dans les yeux. C'est un défi pour un loup, et cela ne finira pas bien pour toi, ou tout loup qui osera aller au bout de la chose.

Je serrai mes mâchoires.

— Si tu ne peux pas regarder par terre, regarde Ragnvald ou moi, chuchota Maddox. N'importe où ailleurs et tu seras punie.

Le ton de sa voix était sérieux, mais un scintillement dans ses yeux me dit qu'il apprécierait de me punir.

Les lèvres retroussées, je dénudai mes dents pour lui comme un loup.

— Garde ce courage, petite sorcière, rigola-t-il.

— Viens, dit Ragnvald, et son ton sobre nous ramena dans le moment présent.

Nous marchâmes au travers d'un champ, naviguant autour de grands rochers. L'herbe ressemblait à des broussailles et quand je risquai un coup d'œil à l'horizon, je ne vis que le ciel au-delà de l'étendue verte, comme si la terre disparaissait.

— Les falaises surplombent la mer, m'informa Maddox. Les hommes viennent rarement ici alors nous en avons fait notre maison. La vue et le bruit de l'océan peuvent être apaisants.

— Je ne l'avais jamais vu, murmurai-je en retour.

— Un jour, je t'emmènerai naviguer, me dit Maddox en me souriant.

Cela rendit son visage si charmant que mon cœur cogna même si j'étais nerveuse.

— Tu as été sur un bateau ? demandai-je, avant de me souvenir de son histoire.

— Bien sûr. Comment penses-tu que je suis arrivé ici ? Silence à présent.

Deux hommes sortir de derrière un rocher, paraissant aussi épuisés que Maddox et Ragnvald quand nous nous étions rencontrés pour la première fois. Je baissai rapidement les yeux. Je détestai jouer la captive soumise, mais quand Maddox me prit la main et la pressa, je me sentis mieux.

Ragnvald parla aux hommes dans un langage grave et guttural avant de changer à une langue que je connaissais. Je restai alerte attendant qu'il me mène vers l'avant. Quand il le fit, je gardai mon regard baissé, mais regardai du coin de mes yeux.

La meute avait établi son camp au centre d'un cercle de larges rochers. Les hommes erraient autour d'un vaste rond de feu. Ils saluèrent Ragnvald d'un poing sur leurs poitrines et d'yeux baissés. Remerciant chacun d'un hochement de tête, le meneur blond alla vers l'avant jusqu'au rocher central et monta sur un rebord pour regarder depuis le dessus l'assemblée de guerriers. Même avec mon regard fixé sur le sol, je sentis le poids de leurs yeux.

— Mets-toi à genoux, Sabine, murmura Maddox et jeta une peau sur le sol pour moi.

Ragnvald s'assit et Maddox se tint alerte, à ma droite.

Sous le regard insistant de tous les guerriers, j'empoignai la jambe de Ragnvald. Des images passèrent dans ma tête, je ne pouvais voir les hommes, mais je les vis au travers de mon esprit, se battant, chassant et détruisant. Ils allaient au combat en portant uniquement des peaux de loups et des pagnes, et les haches et lames des ennemis marquaient à peine leurs peaux.

Maddox pencha la tête pour chuchoter à mon oreille. Sa voix me fit revenir sur terre, mais il me fallut un moment pour comprendre ce qu'il disait.

— Ils ne peuvent pas détourner les yeux de toi. Tu es la plus belle créature qu'ils aient jamais vue.

Le rythme de mon cœur se calma alors que Ragnvald s'adressait à la meute rassemblée.

— Berserkers, je vous ai réuni ici pour rencontrer Sabine, la guérisseuse qui m'a sauvée. Bien qu'elle soit la plus faible dans notre meute, elle tient une place du plus grand honneur et la dette que nous lui devons ne pourra jamais être remboursée. Grâce à ses talents de guérison, quand nous rencontrerons la meute de Berserkers des montagnes dans quelques jours, nous serons assez forts pour leur faire face comme des égaux.

À ces paroles, les guerriers applaudir, entrechoquant leurs armes et frappant leurs boucliers en un vacarme terrifiant.

— Sabine, lève-toi, commanda Ragnvald, et Maddox m'aida à me mettre debout quand je ne bougeai pas assez vite.

Les guerriers acclamèrent plus fort alors que les deux Alphas m'encadraient, un à chaque bras. Humble et pourtant exaltée, je ne me sentis plus comme une esclave ou un bout de viande, mais comme une invitée d'importance.

— Mène Sabine à ses sœurs pendant que je parle à la meute, dit Ragnvald en tendant ma laisse à Maddox.

Je gardai les yeux baissés, mais levai le menton alors que je passais à côté des hommes qui criaient encore.

— Une bonne chose que la meute t'accepte, Sabine. Tu ne sembles pas docile au moins.

Je dressai mes traits pour qu'ils soient vierges.

— Peu importe, continua-t-il en supprimant un rire. L'humilité ne te convient pas.

Nous étions hors de portée de voix, proches des arbres.

— Tu seras chanceux si je partage à nouveau ton lit, loup, menaçai-je.

Il tira sur la laisse d'un coup sec et je résistai avant de faire un pas en avant. Il me conduisit inexorablement proche, mais je résistai autant que je pus sans que cela s'apparente à de la désobéissance.

— Impossible, s'exclama-t-il avec des yeux lumineux. Je

sens ta chaleur d'ici. Ils le peuvent tous. Ils te désirent tous. Aussitôt que nos affaires sont finies, Ragnvald et moi te ramènerons à la grotte et te prendrons encore et encore jusqu'à ce que tu cries nos noms.

Un frisson courut à travers moi, affaiblissant mes jambes, et Maddox glissa un bras autour de ma taille et m'escorta jusqu'à la forêt.

Aussitôt que nous fûmes hors de vue de la meute, le guerrier tatoué lâcha ma laisse. Je bondis sur la pointe des pieds, enfouissant ma main dans ses cheveux alors qu'il revendiquait ma bouche d'un désir sauvage. Enveloppant une jambe autour de sa taille, je me fondis contre lui et il me souleva dans ses bras, me caressant jusqu'à ce que je frémisse de petites secousses de plaisir. Quand il me posa finalement, je m'affaissai contre lui, haletante. Maddox garda sa main dans mes cheveux, les agrippant fort, les tirant et les relâchant. Je me détendis dans sa requête.

— Certaines meutes passent leurs femmes entre eux et les revendiquent durant leurs chaleurs près du feu de camp principal pour que tous les hommes puissent voir. Cela t'exciterait ou t'effraierait ?

Je gémis, me balançant contre lui.

— Mais nous ne te laisserons jamais être revendiquée par un autre, Sabine, chuchota-t-il avec férocité. J'irai dans la tombe avant de voir quelqu'un d'autre te toucher.

Quelqu'un éclaircit sa gorge derrière nous, et Maddox et moi bondîmes à l'écart l'un de l'autre.

Ragnvald leva un sourcil en nous voyant, mais vint décrocher la chaîne.

— Tu t'es bien comportée, déclara Ragnvald, mettant la chaîne dans sa poche.

J'eus une vision perverse de lui me ramenant dans la caverne où Maddox et lui me dirent ramper toute la journée, suppliant pour avoir leurs bites. Quand je soupirai, Ragnvald sourit comme s'il connaissait mes pensées.

— Tes sœurs sont à une courte marche de distance, dit-il pour m'apaiser.

Acquiesçant, je fis courir une main tremblante dans mes cheveux pour les lisser.

Ragnvald tendit sa main que je pris pendant que Maddox me demandait l'autre et nous marchâmes ensemble. Le sentier mena à une clairière à côté d'un charmant petit ruisseau. Une large tente, aussi grande et vaste que celle d'un roi, se tenait au centre de la petite prairie. Un tapis en peau d'ours était posé sur le sol à l'entrée. Alors que nous approchions, une magnifique brunette passa sa tête à l'extérieur.

— Sabine, dit-elle avec un sourire.

Je me tins subjuguée. La femme ressemblait tellement à Brenna, mais en plus petite.

Le sourire vacilla.

— Ma sœur, c'est moi. Muriel.

— Bonjour Sabine, dit une voix plus faible, et Fleur suivit sa jumelle pour me saluer.

Elle paraissait plus grande et plus élancée que je ne l'avais vue avant.

— Je sais, sortis-je d'un rire tremblotant. Je… vous paraissez si grandies.

— Seulement d'une lune, rigola Muriel et nous nous précipitâmes pour nous étreindre.

Ragnvald et Maddox se tinrent en retrait.

— Ce sont les Alphas de la meute, chuchotai-je à mes sœurs, mais elles ne paraissaient pas effrayées.

— Nous savons. Maddox est celui qui est venu expliquer où tu étais et pourquoi les Berserkers nous avaient emmenées.

Muriel leur fit un petit signe. Je notai qu'elle gardait ses yeux baissés. Maddox avait dû les prévenir des lois de la meute.

— Nous avions peur au début, puis ensuite nous fûmes reconnaissantes qu'ils nous aient déménagées, ajouta Fleur.

— Nous avoir déménagées ?

— Oui. Ils ont entendu que Père Brexton allait rassembler les villageois contre toi. Nous n'étions pas en sécurité, donc ils sont venus nous emmener.

Je lançai un regard tranchant à Maddox et il haussa juste les épaules. Il avait sûrement raconté cette histoire pour éviter que mes sœurs ne paniquent et je devrais me sentir reconnaissante, mais je ne l'étais pas.

Muriel sourit directement à Ragnvald.

— Contente que vous vous sentiez mieux, messire.

— Comme moi, Muriel, admit-il d'un hochement de tête reconnaissant, puis se tourna vers sa jumelle. Fleur, te sens-tu mieux ?

— A-t-elle été malade ? demandai-je à Muriel, car nous soignions souvent notre plus jeune sœur pour des fièvres et de l'hyperthermie.

— Comme d'habitude, mais uniquement pendant un petit moment, dit Fleur tout haut. Vous n'avez pas besoin de parler de moi comme si j'étais une enfant. Je peux parler pour moi-même.

J'ouvris la bouche et la fermai.

— Et, de toute façon, je vais mieux à présent. Nous avons eu les herbes dont nous avions besoin. Nous avons même aidé un de la meute à trouver du miel sauvage.

— Je pensais que vous les gardiez à l'écart de la meute, signalai-je à Ragnvald et Maddox, gardant les yeux baissés et mon ton à un iota de l'irrespect.

— Pour leur sécurité, nous avons posté des gardes réguliers et plusieurs hommes sont devenus amis avec elle, déclara-t-il en levant la main avant que je puisse rétorquer. Tes sœurs sont traitées avec le plus grand respect.

— Viens, dit Muriel sur un ton apaisant. Vois nos quartiers de vie.

Elle tint le rabat ouvert pour moi.

— Nous allons préparer le feu, informa Ragnvald. La meute apporte de la viande pour votre dîner.

— Viens, Sabine, répéta Muriel en me tirant à l'intérieur avant que je puisse protester.

L'intérieur de la tente était richement meublé, avec des tapis en peaux d'ours revêtant le sol et quelques chaises en bois sculptées et des braseros.

— Alors ils vous traitent bien ? demandai-je, encore mécontente.

Je détestais l'idée que mes sœurs soient gardées dans les bois avec des Berserkers comme unique compagnie.

— Bien sûr, dit Muriel.

— Les quelques premières nuits ont été difficiles… commença Fleur, et Muriel s'éclaircit la gorge. Mais, depuis lors nous avons été bien traitées.

— Très bien, répéta Muriel en rougissant un peu et je fronçai les sourcils.

— Comprenez-vous qui sont ces hommes ?

— Des loups-garous, fit Muriel d'un hochement de tête. Et, certains ne contrôlent pas leur bête. Ils vont mieux, pourtant. Tu les as aidés ?

— Oui.

— Ils disent que le pouvoir coure dans notre famille, déclara Fleur depuis son siège.

— Peux-tu nous en dire plus à ce propos ? demanda Muriel.

— Je… hésitai-je, pas certaine de combien je pouvais en dire.

— Nous savons que tu es une guérisseuse, continua

Muriel quand je ne le fis pas. Et, nous avons toutes quelque chose qui appelle ces loups-garous. Une affinité.

Son sourire amusé me dit qu'elle m'avait vue tenir la main aux Alphas.

— Ce que nous voulons savoir c'est comment ils nous ont trouvées.

Faire face à ces deux-là, qui semblaient tellement plus vieilles que ce dont je me souvenais, leva un poids sur mes épaules. Je me laissai tomber dans une chaise sculptée comme si mes jambes avaient renoncé.

— Brenna est en vie.

Mes sœurs s'immobilisèrent, mais pas de choc. D'espoir. À ce moment, je réalisai que nous avions toutes su que la disparition de Brenna ne signifiait pas sa mort. Je n'avais pas parlé de ça à Muriel et Fleur parce que je les voyais comme des enfants. Si elles étaient assez fortes pour survivre à la capture et l'emprisonnement, elles avaient mérité le droit de savoir à propos de la magie dans leur sang.

— Une tribu de Berserkers, pas celle de Ragnvald, mais une autre, est allée voir une sorcière et a entendu la prophétie sur une femme qui pourrait apprivoiser la bête. Ils ont trouvé Brenna en cherchant une femme avec une cicatrice.

Muriel fit un signe de tête.

— Notre beau-père leur a vendu. Ragnvald et Maddox ont entendu parler d'elle, et se sont souvenus d'une prophétie similaire pour eux. Maddox m'a trouvée dans le petit bois.

Et, je rougis.

— Et t'a emmenée pour les guérir, finit Muriel avec aisance, et j'inclinai ma tête, reconnaissante.

— Qu'en est-il à présent ? demanda Fleur.

— J'ai marchandé notre liberté.

— Qu'en est-il de Brenna ? Peut-on la voir ?

— Il y a une rencontre dans quelques jours. Mes Alphas,

les Alphas de la meute, ont promis que je pourrais la voir. J'attends avec espoir qu'ils tiennent leur promesse.

— Nous le ferons, Sabine, affirma Ragnvald depuis l'entrée. Nous sommes en négociation avec la meute de Brenna pour garantir un passage sûr pour ta grande sœur et toi. Vous deux êtes de la plus grande importance pour nos meutes.

Il fit un pas en avant pour rentrer dans la tête. Je serrai mes mains sur mes genoux à la pointe de chaleur que je sentis juste en le voyant. Je devais me rappeler que Maddox et lui étaient mes ravisseurs et qu'un jour, je nous libèrerais d'eux, mes sœurs et moi.

— *À moins que tu ne veuilles pas être libre.*

Ignorant cette perfide partie de moi, je répondis à Ragnvald.

— Merci mon seigneur. Nous sommes reconnaissantes de vos bons soins.

D'un léger sourire qui me dit qu'il savait pourquoi je m'accrochais aux formalités aux alentours de mes sœurs, il s'adressa à Muriel et Fleur.

— Peut-être que si cette première rencontre se passe bien, nous accueillerons Brenna ici pour une visite. Ou bien nous vous escorterons jusqu'à elle.

Mes sœurs le remercièrent poliment comme s'il avait accordé une bénédiction, plutôt que d'avoir décrété qui pouvait leur rendre visite et quand elles pourraient partir. Maddox nous appela alors et nous nous retirâmes tous dehors pour manger le chevreuil qu'il avait cuit sur une flamme à ciel ouvert.

Nous nous assîmes et parlâmes de choses sans intérêt, comme le temps ou les herbes qui poussaient à côté du ruisseau. Alors que le soleil sombrait, je remarquai la façon dont Ragnvald paraissait davantage fatigué, les cernes se creusant sous ses yeux. Maddox croisa mon regard et me fit un signe de tête subtil avant qu'il ne commence à faire le ménage autour du feu.

— Marchez avec moi jusqu'au ruisseau, invitai-je mes sœurs en me levant.

Bras dessus bras dessous, nous nous baladâmes à une courte distance des deux guerriers.

— Nous sommes contentes que tu sois venue en visite, dit Muriel.

— J'aurais préféré que tu n'aies pas à y retourner, ajouta Fleur.

Une boule grandit dans ma gorge. Je me demandai si je pouvais marchander pour avoir davantage de temps. Mes sœurs semblaient charmées par les manières attentionnées des guerriers. Minces civilités, considérant qu'ils étaient ceux à l'origine de notre captivité.

— Moi aussi, mais ils ont encore besoin de moi.

— Oh nous comprenons, balança Muriel d'un signe de main.

— Ah bon ?

— Oui. Vous êtes amants, n'est-ce pas ?

Je fus bouche bée.

— Ça va, continua Fleur. Nous comprenons comment tu les as guéris. Le plus tôt ils vont mieux et le plus tôt nous pourrons être à nouveau une famille.

— Par contre pas au village, rectifia Muriel. Peut-être que nous pouvons vivre dans une cabane plus proche des Berserkers.

À présent je ne pouvais plus respirer à cause du choc.

— Muriel est intéressée par l'un des loups, explique Fleur en se penchant avec un air conspirateur. Un jeune roux. Il n'est pas de cette meute, il rôdait autour d'ici et est en réalité un espion de la meute de Brenna… longue histoire.

— Tu… es intéressée par l'une de ces brutes ? demandai-je en titubant.

— Ce ne sont pas des brutes, se défendit Muriel.

Fleur me fit un clin d'œil.

— Quoi qu'il en soit, tes hommes sont très beaux, déclara Muriel après avoir tiré la langue à sa jumelle.

Pas si grandies, finalement.

— Ce ne sont pas mes hommes… rétorquai-je en hésitant.

— Alors pourquoi ils te regardent comme si tu étais la déesse incarnée ? Et, tu n'es pas non plus insensible.

— Je ne suis pas amoureuse. Je ne peux pas. Ils ne m'ont pas permis de choisir.

— Peut-être que tu devrais demander à Brenna, s'accordèrent mes sœurs. Elle vit avec eux depuis plus longtemps. Elle sait peut-être.

Je commençai à nouveau à protester à propos mes sentiments pour mes Alphas, à propos des idées scandaleuses de mes sœurs concernant notre futur, quand une structure attira mon regard. Aussi grande que mon épaule, longue et large comme deux hommes, le cadre était fait d'épaisses branches attachées ensemble.

— Qu'est-ce ?

— Ils nous ont mis en cage au début, dit Fleur alors que Muriel la faisait taire.

— Quoi ? sifflai-je.

— Sabine, appela Maddox. Vous avez marché assez longtemps. Il est temps de revenir.

— Tout va bien, Sabine, me rassura Muriel, attrapant mon bras rigide. Nous allions bien.

— C'était pour notre propre sécurité, expliqua Fleur précipitamment. Ils nous ont laissé sortir après qu'ils soient sûrs qu'ils pouvaient se contrôler.

— Mesdames, commença Ragnvald en s'approchant de nous. Allez dans votre tente. Vos nouveaux gardes arriveront bientôt et nous devons ramener Sabine à la maison avant la tombée de la nuit.

— Oui, mon seigneur, murmurèrent mes sœurs avant de m'étreindre pour me dire au revoir.

Avec des regards inquiets quand je ne répondis pas, elles s'éclipsèrent.

Les dents serrées, je marchai jusqu'à la cage et l'examinai. Les Berserkers avaient fabriqué la cage à partir de jeunes arbres déracinés et de branches.

— Vous les avez gardées en cage ? sortis-je, ne voulant pas leur faire face.

— C'était nécessaire, dit Maddox dans mon dos.

— Nous devons partir, murmura Ragnvald. Ce fut une longue journée et mon contrôle…

Quand Maddox prit mon bras, je le retirai violemment.

— Ne me touche pas. Ne me touche plus jamais.

— Sabine, tu as entendu ta sœur. C'était pour leur protection.

— Protection dont elles avaient besoin à cause de vous !

— Nous les avons installées dans la tente après une nuit ou deux…

Maddox tendit la main vers mon bras encore une fois et je me tournai finalement pour la repousser d'une claque.

Sa main alla à toute vitesse et menotta mon poignet.

— M'as-tu frappé ?

— Vous avez gardé mes sœurs en cage ! m'écriai-je en essayant de le gifler de ma main libre et finit par lutter face à face avec un guerrier enragé.

Ragnvald soupira et garda ses distances. Je sentis son contrôle s'effilocher alors qu'il parlait d'une voix grave.

— Tu oublies ta place, petite.

— Punissez-moi alors, dis-je d'un ton sec.

— Oh nous allons le faire.

Maddox me jeta sur son épaule et écrasa le souffle dans mes poumons. Dépassant la cage et le ruisseau, il se mit à trotter ce qui me fit m'accrocher à sa ceinture pour le

grimacer, mais rien de comparable à la douleur de la cravache sinueuse.

Ragnvald resta à distance pendant que Maddox ondoyait devant moi dans une danse qui lui était propre. Son corps se tendit alors qu'il se concentrait sur chaque coup. Regardant les impressionnants muscles de son bras s'enrouler et frapper avec précision, je me sentis reconnaissante qu'il n'utilise pas sa pleine puissance.

Lors d'une pause pendant la raclée, Ragnvald vint et fit courir une main le long de ma chair marquée.

— Si n'importe qui de la meute t'avait vue nous attaquer, même tes sœurs, je ne permettrais pas à Maddox d'être si gentil, m'informa Ragnvald. Nous te traînerions à nouveau au rond de pierres et te ficellerions devant la meute entière. Et, il n'y aurait pas d'échauffement. Ces premiers gentils coups de fouet permettront à Maddox de durer plus longtemps, mais tu sentiras moins de douleur.

— Merci, mon seigneur.

Son visage resta impasse.

— Continue, dit-il à Maddox, qui ne tenait que le fouet à langue de serpent à présent.

— Ne bouge pas, Sabine, ou cela te blessera et ne fera pas que tu faire mal.

Le premier bruit me fit m'exclamer, le deuxième me fit m'étouffer. Tout l'air se précipita hors de mes poumons et je criai sous la torture.

— Reste tranquille, Sabine.

Il était au niveau de mon dos à présent, claquant le fouet d'un coup sec sur mes épaules, le haut de mon dos. Chaque coup me percuta telle une branche d'arbre qui démolissait un endroit de la taille d'un pouce et conduisit mon souffle hors de mon corps.

— *Elle se débrouille bien, prenant toute la douleur.*

Je tournai presque la tête pour entendre qui avait parlé avant de réaliser que c'était dans ma tête.

— *Elle sera récompensée.*

D'une manière ou d'une autre, je sus que la deuxième voix était Ragnvald.

Je soufflai au travers du bruit sur mes fesses. Cependant, quand le fouet lécha la peau sensible de mes cuisses, je commençai à me tortiller à nouveau. La douleur me prit dans sa poigne et je m'y perdis, hurlant avec des larmes le long de mes joues.

— Dis-moi, Sabine. Nous attaqueras-tu encore ?

— Non, non, sanglotai-je.

— Te soumettras-tu à notre volonté ?

— N'importe quoi. S'il vous plaît.

— Quelques-uns de plus, dit Maddox. Donne-toi à la douleur.

Je frémis alors que je hochais de la tête. J'essaierais. Je n'avais pas le choix.

— Un, compta Maddox, faisant exploser le fouet contre mon épaule droite. Deux.

C'était la gauche.

Je gardai ma position, pressant mon visage dans mes bras.

— Trois, continua-t-il en fouettant ma fesse droite. Quatre.

Je mordis ma propre chair et criai quand même.

— Respire, Sabine, ordonna Ragnvald.

Maddox attendit jusqu'à ce que j'obéisse.

Je me concentrai sur mes sœurs, faisant un mouvement brusque avec les coups sur ma cuisse droite et ma cuisse gauche. M'affaissant, je priai que Maddox ait fini.

— Quatre de plus, dit-il, et cela me brisa.

Ma poitrine se soulevant de forts sanglots, je me laissai pendre à mes liens alors qu'il marchait en faisant le tour pour me faire face, une expression froide, mais pas cruelle sur son visage.

— Pas ses seins, Maddox, commanda Ragnvald. Reste sur son dos, cette fois.

Maddox accepta ce qu'il avait dit d'un signe de tête. J'essayai de me rappeler ce qu'ils m'avaient dit à propos des punitions.

Ragnvald resta de l'autre côté de la clairière, me regardant de là-bas, et je réalisai que cela était à son avantage. J'avais poussé les limites de son contrôle et sans ce rituel pour me mettre à ma place, il était incapable d'empêcher la bête de se libérer.

— Pardonne-moi.

Je ne réalisai pas que j'avais parlé jusqu'à ce que Maddox mette sa main sur mon épaule.

— Qu'est-ce que c'était ? demanda Ragnvald en s'approchant.

— Pardonne-moi, Alpha. J'avais tort. Je n'ai pas réfléchi et je t'ai mis… tout le monde, en danger.

Ragnvald fit un signe de tête à Maddox et il découpa mes liens, m'attrapant prudemment.

Le guerrier tatoué me baigna le visage avec un tissu humide, les restes de mon fourreau.

— Nous ne voulons pas te faire de mal, dit Ragnvald alors que ses yeux reprenaient un bleu clair. Ça, au moins, tu peux en guérir.

— Je comprends, coassai-je.

— Tu dois apprendre, balança Maddox en se penchant. Ou nous ne pourrons pas t'emmener au rassemblement.

— J'apprendrai, je le promets.

— Très bien, dit Ragnvald.

Maddox me porta dans la grotte, me déposa et me dorlota. Ragnvald tint ma main alors que mes marques étaient traitées avec de la pommade.

— Si tu devais avoir une plus grande punition, nous ne traiterions pas tes blessures pendant une journée. Voire pas du tout.

J'approchai sa main de ma bouche et embrassai ses articulations en gratitude.

— Douce Sabine, murmura-t-il. Tu t'es bien comportée.

— Nous te donnerons une récompense à présent. Un rappel de ce qui est en stock si tu te conduis bien, précisa Maddox en écartant mes jambes doucement et les tenant ouvertes quand j'essayai de les fermer.

— Non, s'il te plaît… suppliai-je en ravalant ma protestation.

— Nous refuses-tu ton plaisir ?

— Non, non, mon seigneur.

J'écartai mes jambes, priant pour qu'ils ne me punissent pas à nouveau.

— Calme-toi, Sabine. Nous sommes tes maîtres. Nous ne te donnons peut-être pas ce que tu veux, mais nous te donnerons toujours ce dont tu as besoin.

Ses doigts tapotèrent entre mes jambes, la plus légère des caresses.

— Elle est déjà mouillée, dit Maddox à Ragnvald.

— Elle est prête pour nous, mais nous ne la prendrons pas ce soir. Elle a assez donné.

— Laisse-nous t'apaiser à présent.

Maddox joua avec mes trous avant et arrière un instant avant de frotter ses doigts contre le délicieux endroit. Je m'écriai alors que la palpitation insipide de mon dos fouetté se transforma en une douleur joyeuse. Les doigts de Maddox tambourinèrent au bon endroit encore et encore, transformant mon corps en un vaisseau de parfaite torture. La douleur était un plaisir et le plaisir était une souffrance.

— Jouis, Sabine, ordonna Ragnvald et je me brisai en un millier de morceaux, me tortillant et haletant sur les peaux.

Maddox et Ragnvald me regardèrent et leurs allures satis-faites me rassasièrent autant que l'avait fait l'orgasme.

Le sommeil me revendiqua et alors que je sombrais dans l'obscurité, je sentis la présence contente des hommes, chaude comme une couverture là où ils étaient étendus à mes côtés et étalés comme des ombres dans mon esprit.

CHAPITRE 8

*J*e me réveillai en grognant, le dos en feu. Maddox se tint au-dessus de moi en un instant et je m'éloignai en rampant.

Sa main apaisa ma cuisse alors qu'il m'offrait à boire.

— Tu n'as rien à craindre de moi, Sabine. La bête désire ta soumission, rien de plus.

Il réappliqua de la pommade sur mon corps, mais je bougeai lentement ce matin-là. Les guerriers semblaient distants, bien qu'ils me soignassent avec la plus grande attention et le plus grand respect. Je restai silencieuse, agissant avec une déférence prudente. Les marques prendraient un certain temps à guérir, mais elles ne me dérangeaient pas autant que la pensée qu'ils ne m'emmènent pas voir Brenna.

Plus tard dans la journée, Maddox m'apporta une robe bleue pour remplacer celle qu'il avait déchirée.

— Devrais-je attendre pour la porter ? C'est une trop belle robe pour tous les jours, mais ferait l'affaire si nous allons à la Chose.

— Porte-la, Sabine, répondit Maddox. Nous avons une

quantité de malles arrivant pour tes sœurs et toi. Et, rien n'est trop beau pour toi.

Je mordis ma lèvre et m'habillai. La toge mettait parfaitement en valeur mon corps et mes cheveux blonds.

Les yeux de Maddox s'éclairèrent quand il me vit. Il fit courir un doigt autour du col de la robe et envoya des frissons dans tout mon corps.

— Magnifique.

J'attendis qu'il fasse davantage, mais il se tourna seulement et partit. Une boule grossit dans ma gorge.

Ragnvald aima également la toge, à en juger par le doux baiser qu'il me donna, mais me traita avec la même distance que Maddox. La chaleur que j'avais ressentie la nuit dernière était partie. Les guerriers s'éloignaient de moi.

Autour du feu ce soir-là, j'eus finalement le courage de parler.

— Quand allons-nous au Rassemblement ? demandai-je.

— Bientôt, répondit Ragnvald. Nous l'avons repoussé de quelques jours.

— Est-ce… commençai-je en ne pouvant à peine faire sortir les mots. L'ai-je retardé ?

— Non.

Pourtant, les hommes continuèrent de froncer les sourcils. Après le repas, Maddox partit. Ragnvald resta, fixant les flammes du feu. Il n'avait pas du tout touché à sa nourriture.

Une réelle peur se leva en moi. Je servis à Ragnvald un bol de ragoût et m'agenouillai devant lui.

— Je me soumettrai à toutes les conditions, lui déclarai-je. J'obéirai, je porterai le collier et la chaîne, et je ramperai s'il le faut.

— Ce n'est pas nécessaire.

— S'il te plaît, donne-moi juste un ordre. Je prouverai que je peux obéir.

— Tu as accepté la punition, révéla-t-il en posant son

repas sur le côté et me mettant sur ses genoux. C'est fini. Tu es pardonnée. C'est la façon de faire de la meute.

— Alors qu'est-ce qui ne va pas ?

— Les négociations sont retardées. La meute de Brenna ne nous fait pas confiance. La dernière fois que nous avons fait un Rassemblement, notre meute les a attaqués. Je n'étais pas totalement au contrôle et Maddox non plus, bien qu'il ait mené le raid. Nous étions des hommes désespérés, désespérés de trouver quelque chose qui pourrait nous sauver.

— Qu'est-ce qui sera fait ?

— Il demande un geste de bonne volonté. Un otage. Quelqu'un à échanger.

— Qui ?

— Moi, déclara Maddox en marchant à grands pas depuis la forêt. C'est fait, Alpha. Leurs émissaires sont arrivés et ont témoigné que les sœurs de Sabine sont bien traitées. L'un d'eux restera comme garde. Les autres m'emmèneront et retourneront sur leur montagne.

Je restai debout, prête à m'enfuir de lui, mais la vue d'une ligne silencieuse d'étranges guerriers émergeant des arbres y coupa court. Oubliant les règles de la meute, je les fixai. Ils paraissaient mieux nourris et reposés que les hommes de Ragnvald, mais tous semblaient grands et brutaux. Un guerrier, un géant à la tête rasée, portait une cicatrice traversant son visage. Il me surprit en train de le fixer, et je me souvins de baisser les yeux.

Maddox ouvrit ses bras et je fis un pas dans la protection qu'ils m'offraient.

— Sont-ils de la meute de Brenna ? demandai-je sans poser la question de savoir si elle était avec eux.

Avec des bottes et des bras d'ours, les guerriers ne portaient aucun paquet, rien à part leurs lames.

— Ils voulaient voir que tu étais en bonne santé, Sabine. Et, je voulais te dire au revoir.

Ragnvald salua les guerriers pendant que je m'accrochais à Maddox.

— Combien de temps seras-tu parti ? dis-je d'une voix basse, pour garder nos paroles entre nous.

— Jusqu'après le Rassemblement, m'informa-t-il en caressant mes lèvres de son doigt. Écoute Ragnvald et sois sage.

Je ne pouvais pas vraiment plaisanter avec lui. Tellement de choses dépendaient de la trêve entre les meutes.

— Je le serai, lui assurai-je alors que mes lèvres tremblaient sous ses caresses.

— Te manquerais-je, petite sorcière ?

— Non.

Mais, mes mains prirent son visage, traçant les lignes sévères de sa mâchoire et de ses pommettes, mémorisant la dure beauté que je n'y avais pas vue, pas au début.

— Seront-ils cruels avec toi ?

— Peut-être. Je le mérite. J'ai été cruel avec toi.

— Pas tout le temps. Parfois tu étais gentil.

Ragnvald et les autres guerriers, leurs affaires terminées, nous regardèrent.

Je voulais demander s'il y avait une chance qu'il ne revienne pas.

— Ces hommes.... ils semblent prêts à répandre du sang.

— Il y a du danger, dit Maddox comme s'il avait lu mes pensées. Mais, je reviendrai à toi.

Il m'étreignit fort.

— Je le jure.

— Tu n'as pas à faire ça, chuchotai-je contre sa poitrine. Je ne veux pas que tu le fasses.

— Parfois, nous prenons un risque pour les gens que nous aimons.

Il pressa ma main et recula. Mon bras s'étira après lui comme si son intention était de tenir jusqu'au dernier moment.

Avant qu'il ne puisse lâcher, je l'agrippai fort et le retirai vers moi. À la vue de tous les ennemis, j'embrassai Maddox, enroulant mes mains dans ses cheveux noirs. Les bras tatoués se levèrent pour me verrouiller contre lui, il prit le contrôle, penchant ma tête afin qu'il puisse piller ce qui lui appartenait déjà.

Une vie plus tard, même si ce n'était qu'un moment, Ragnvald se tint à nos côtés en éclaircissant sa gorge. Je le laissai m'emmener pendant que Maddox marchait en allongeant le pas, lançant un ou deux coups d'œil passionnés en arrière avant que les étranges guerriers ne ferment les rangs derrière lui. Ils s'attroupèrent autour de lui, le géant balafré attendant pour fermer la marche.

Je ne m'embêtai pas pour cacher mon regard dans sa direction. Le visage marqué se fendit presque d'un sourire avant que lui aussi ne se tourne et suive les autres au milieu des arbres.

* * *

L'ATTENTE COMMENÇA. J'essayai de le cacher, mais j'étais malade d'inquiétude. La morosité dans l'humeur de Ragnvald ne diminua pas. Il resta proche de moi, ne parlant pas, rôdant comme un garde du corps. De temps en temps, je le prenais à grimacer comme s'il avait mal. Il me le cachait et ne parut pas malade autrement, alors je ne mentionnai pas le sujet.

Ragnvald et moi baisâmes toutes les nuits, avec des mouvements silencieux et désespérés. Après coup, je drapai mon corps sur le sien de grande taille, et nous nous posions entrelacés pour de longues heures sans sommeil.

Enfin, des nouvelles vinrent. Avec Maddox sous leur garde, les Alphas de Brenna acceptaient d'organiser le Rassemblement d'ici à une semaine.

Ragnvald ne me permit pas de sortir de son champ de

vision, alors je l'accompagnai lors de toutes les affaires concernant la meute. Je devins habituée à porter le collier et la chaîne, mais bientôt, Ragnvald se dispensa de la marche jusqu'aux pierres mises debout et réalisa ses entretiens dans notre caverne. Dans cette configuration informelle, j'étais autorisée à m'occuper de mes tâches, aussi longtemps que la meute respectait mon espace et que je ne les défiais pas ouvertement.

Je jetai un œil aux herbes sur les berges de la rivière quand j'eus ma propre visiteuse, une femme dans une simple toge verte, qui, sans que je ne comprenne comment, scintillait dans la lumière du petit matin.

— Alors voici la compagne du grand Ragnvald, murmura-t-elle, presque pour elle-même.

La voix de Ragnvald faisait encore écho entre les arbres, il était donc assez proche pour l'appeler en cas de danger. La femme ne portait aucune arme que je pus voir, bien que quelque chose à propos de son calme hautain me dit qu'elle n'était pas sans défense.

— Bonjour, petite… comment t'appelle-t-il ? Petite sorcière ?

Je réalisai que je caressais le torque autour de mon cou et laissai tomber ma main.

— Maddox est le seul à m'appeler comme ça.

— Et l'es-tu ?

— Suis-je quoi ?

— Une sorcière ?

— Non, répondis-je en renonçant par courtoisie.

La femme n'en avait aucune.

— Pourquoi ? L'êtes-vous ?

Elle sourit, et ce fut plus effrayant qu'amical.

— Oui, rit la femme à mon air.

Je cherchai Ragnvald et les guerriers avec qui il avait fait la réunion, mais les buissons semblaient avoir grandi autour de nous.

— Il n'y a que nous, ma chérie, ronronna la femme. Mais, si tu préfères…

Elle fit un geste avec sa main et j'entendis des voix flotter dans la brise. Ragnvald semblait être à quelques mètres.

— Il n'est pas loin. Et, il me fait confiance.

— Qui êtes-vous ? demandai-je, jalousement comme s'il y avait de l'acide dans mon ventre.

Elle était magnifique d'une façon froide et mystique. Comme un orage au loin ou un aigle pour une fourmi. Je n'aimais pas avoir l'impression d'être la fourmi.

— Je suis Yseult. Viens, me proposa-t-elle en s'asseyant sur un rocher et en tapotant la pierre à côté d'elle. Je souhaiterais te parler. Tu sembles bien plus intéressante que ta sœur.

— Laquelle ? demandai-je en m'asseyant.

— Brenna, bien sûr.

— Vous l'avez vue ?

— Ma chère, je suis celle qui en a parlé aux Berserkers.

— Vous avez raconté la prophétie, dis-je en ravalant mon souffle.

— Je jette les runes. Oui. J'ai parlé de Brenna à ses compagnons. Je n'ai pas été la première à parler de ton existence à Maddox et Ragnvald, mais j'ai peut-être pris pitié d'eux et leur ai dit où te trouver.

Mon monde se rétrécit sur la belle femme devant moi. Là était mon réel ennemi. Je devrais me sentir en colère et pourtant, tout en moi voulait flatter sa beauté et la servir. J'agrippai la tige dans ma main jusqu'à ce que les épines me déchirent ma peau. La douleur raviva mes esprits.

Le regard d'Yseult vers mon poing me dit qu'elle ne manqua pas le geste. Son sourire m'indiqua qu'elle approuvait.

— Donc c'est toi que je dois remercier d'avoir ruiné ma vie, déclarai-je.

— Pour avoir ruiné ta vie ? Non. Pour avoir trouvé ton destin, oui. Tu peux me remercier.

— Tu ne sais pas quel est mon destin.

— Toi non plus. À moins que tu n'admettes d'avoir des pouvoirs.

— Les Berserkers pensent que j'en ai, rétorquai-je prudemment.

— Bien plus qu'un peu. Mais, beaucoup moins que moi.

Et, juste comme ça, j'en eus assez de sa fanfaronnade.

— Ma sœur et moi avons le pouvoir de guérir les Berserkers.

— Tes sœurs sont des femmes-spae. Une race pas si rare, mais peu savent ce qu'elles sont. Vous passez pour des humains normaux et avez des affinités avec les herbes médicinales et les soins de guérison. C'est une magie plus profonde, plus subtile.

— Nous entrons en chaleur au moment de la lune.

— Oh oui, l'œstral. C'est en réponse aux Berserkers, je pense. Cela devient plus fort quand vous le niez pendant longtemps, appelant vos réels compagnons jusqu'à ce qu'ils viennent et vous revendiquent.

Je soufflai.

— Tu ne me crois pas ?

— Je sais que c'est vrai, soupirai-je.

— Tu souhaiterais que ça ne le soit pas.

Je ne le niai pas.

— J'ai une théorie.

Yseult s'installa à côté de moi, rentrant ses pieds sous ses jupes comme si nous étions des filles parlant au marché du mi-été, et non une sorcière et une compagne de Berserkers parlant de magie.

— La bête qui se nourrit de la rage des Berserkers, elle

apprécie la luxure. Il y a le loup, tu vois, et c'est naturel, du moment qu'il a sa meute et sa place dedans. Puis, il y a l'homme. Les hommes peuvent être dirigés par tous types de passions, mais ces guerriers peuvent contrôler celles-ci. Ce qu'ils ne peuvent pas contrôler c'est la bête.

— Qu'est la bête ?

— La faim. La soif. Du manque pur. Tout comme ton expérience durant la pleine lune.

Je restai silencieuse.

— Imagine cette agonie, mais tous les jours. Multiplie-la un millier de fois et étire-la au travers d'un siècle.

— Je ne peux pas le saisir, dis-je en luttant contre l'envie de cacher mon visage dans mes jupes.

— Bien sûr que non. Pas plus qu'eux. C'est pour cela qu'ils deviennent fous.

— Mais ça ne peut plus arriver à présent, n'est-ce pas ?

— Pas si tu ne te gardes pas d'eux. Ta luxure de la lune et leur folie de la lune…

Elle entrelaça ses doigts ensemble.

— Nous sommes en adéquation. Je sais.

— Alors pourquoi le combats-tu ?

— T'ont-ils demandé de me parler ?

— Tes Alphas ? Non. Mais, seulement parce qu'ils ont peur de te laisser près de moi.

Son sourire était terrifiant.

— Es-tu une telle menace ? demandai-je en gardant une voix légère.

— Bien sûr que je le suis, mais pas pour toi. Je viens de te dire… Je te trouve intéressante. C'est pourquoi tes hommes ne voudraient pas qu'on se rencontre. Je ne veux pas te faire de mal. Je veux t'enseigner.

Elle me laissa sans voix pendant un moment.

— Pourquoi ?

Ses doigts sveltes jouèrent avec mes cheveux, tout comme

Maddox le faisait souvent. Les deux agissaient comme s'ils me possédaient, mais quand son toucher était admiratif, le sien était condescendant, comme si j'étais un mignon animal de compagnie qui l'amusait pendant un instant.

— Les vraies femmes de pouvoir sont très dures à trouver.

Je me levai du rocher, pour l'empêcher de me toucher.

— Je n'ai pas tant de pouvoir.

— Pas encore. Tu n'adoptes même pas ton destin.

— Ce n'est pas ma destinée, rétorquai-je en faisant un geste vers la forêt et la grotte.

— Oh, et qu'est-ce ? Squatter dans un village d'humains, attendre le jour où un prêtre réalise que ton influence éclipse la sienne et décide que tu dois être brûlée ? Marieras-tu une brute pour sa protection ? Porteras-tu ses enfants, ses coups jusqu'à ce qu'il meure et que tu sois conduite à boire ? Ce fut la vie de ta mère.

— Je trace mon propre chemin, dis-je alors qu'un poing se serrait autour de mon cœur.

— Le fais-tu ? Tu n'es pas libre des liens qui attachent chacun de nous aux autres… pas plus que moi. La liberté est une illusion.

— Ma grand-mère était libre.

— Oui, et elle est morte. Une vagabonde et seule.

— Tu me verras rester et être la compagne de ces hommes ? proposai-je en gardant mon ton plat.

Il ne serait pas sage d'offenser une femme de cette puissance, mais je voulais la gifler. Autant que je souhaitasse exprimer mes pensées et mes sentiments confus, je ne voulais pas qu'une sorcière s'en mêle. J'avais espéré parler de ça à Brenna, après tout, elle avait vécu tout ce temps comme captive des Berserkers.

— Tu dis que tu veux m'enseigner. Pourquoi ?

— Le pouvoir engendre le pouvoir.

Je braquai un regard sur la sorcière, prudente de me concentrer sur son visage et non pas ses yeux au cas où elle me prendrait au piège de cette façon.

Yseult soupira, devinant que je ne parlerais pas jusqu'à ce qu'elle me donne une meilleure réponse.

— Il y a une guerre qui arrive que seuls les Berserkers peuvent combattre et dans laquelle je devrai jouer un rôle. J'aurais besoin de toute l'aide que je peux obtenir.

J'ignorai le picotement le long de ma colonne à ses paroles. Elle disait la vérité et mon instinct le confirma.

— Si tu restes, tu développeras ton pouvoir. Déjà, tu es plus forte. Ton désir de la lune modérera le leur.

Je fronçai les sourcils, pensant que cela était vrai.

— Et il y a les punitions, dit Yseult en se léchant les lèvres. Les jolis fouets et chaînes de tes compagnons.

— Qu'en est-il de ceux-là ? demandai-je en me durcissant.

Je me sentis mortifiée qu'elles sachent ce genre de choses.

— Parce que la douleur renforce la magie. N'as-tu pas remarqué ?

Je ne l'avais pas noté, donc je ne dis rien.

— Toute magie nécessite un sacrifice pour satisfaire les dieux. Une sorcière comme moi requiert seulement un peu de souffrance. Un moineau, une souris, une chèvre ici et là.

Mon ventre se tordit. Elle parlait de sacrifice d'animaux et pas de mort rapide. De torture.

— Il y a le sacrifice humain… mais seulement les arts les plus sombres nécessitent cela.

— Mes sœurs et moi ne ferions jamais…

— Je sais, je sais, rétorqua Yseult d'un geste de la main. Les sorcières de broussailles comme tes sœurs et toi êtes d'une espèce différente. Votre souffrance et votre sacrifice viennent d'une source différente.

— Quelle source ?

— De vous-même. Vous vous soumettez vous-même à la

douleur. C'est pour cette raison que ces Berserkers vous admirent. Leurs bêtes désirent la violence. En temps de guerre, ils maîtriseront des armées. En temps de paix…

— Ils m'assujettiront moi, finis-je sèchement.

Nous n'avions pas besoin de parler des façons dont Maddox et Ragnvald m'avaient soumise pendant notre court temps ensemble. Ou la façon dont j'avais apprécié… dont je l'avais demandé, même.

Yseult inclina sa tête.

— Et ma soumission amène du pouvoir.

— Ta soumission est du pouvoir. Mais oui. Un paquet d'herbes guérirait un village, à présent.

Ses yeux étaient étranges, jaunes avec une bande verte. Je demandai si j'avais déjà pensé qu'elle était humaine.

— Pourquoi me dis-tu cela ?

— Je souhaite aider.

— Je veux rentrer à la maison.

— Alors, demande. Ces loups te donneront n'importe quoi.

— *N'importe quoi*, m'ont-ils dit dans mes rêves. *Sauf ça.*

— Ne sais-tu pas, Sabine ? révéla Yseult en se levant et marchant vers moi, un balancement dans ses hanches qui laissa ma bouche sèche.

Je n'avais jamais désiré une femme auparavant, mais celle-ci remuait des sentiments interdits… d'une multitude de sortes.

— Ils sont plus qu'un peu amoureux de toi.

— Je souhaiterais que les choses reviennent comme elles étaient avant.

Je détestais le désordre emmêlé. Les politiques de la meute étaient encore plus mortelles et dangereuses que celles des humains.

— *Il y a une guerre qui arrive que seuls les Berserkers peuvent combattre, et il y a un rôle que je dois jouer dedans.*

— Vraiment ? questionna Yseult en enveloppant une main autour de mon épaule.

Je n'osai pas me retirer.

— Ton pouvoir devient plus fort.... si savoureux. Pas étonnant que ces loups guerriers n'en aient pas assez.

Ses ongles mordirent ma peau, me réveillant comme l'avaient fait les épines.

Je clignai des yeux et l'envoutement fut brisé. Des yeux ordinaires fixaient un visage ordinaire. Yseult et moi nous ressemblions, je réalisai. Des cheveux blonds et des yeux noisette, alors que toutes mes sœurs avaient des cheveux plus sombres.

Je reculai d'un pas.

— Je guérirai Ragnvald et la meute. C'est tout ce qu'ils ont demandé. Puis mes sœurs et moi retournerons au village et vivrons comme nous l'avons toujours fait.

* * *

APRÈS QUE LA sorcière fut partie, je m'assis et fixai le feu un long moment.

— Sabine ?

Un bruissement derrière moi, mais je ne bougeai pas même quand la main de Ragnvald vint sur mon épaule. Je tressaillis, mais il n'y eut aucune douleur de la prise originelle d'Yseult. Je vérifiai s'il y avait de la peau déchirée, et n'en trouvai aucune.

— Sabine, est-ce que ça va ?

J'acquiesçai et me soumis à sa lecture attentive.

— Je ne savais pas qu'elle était d'abord venue te voir. Elle me l'a dit avant de disparaître.

Il finit de m'inspecter et parut soulagé. Me soulevant dans ses bras, il me porta de retour dans la grotte.

Il nourrit le feu, puis vint dans mon dos, s'assit et enveloppa ses bras autour de moi. Il ne parla pas jusqu'à ce que je me détende contre sa poitrine.

— De quoi avez-vous parlé Yseult et toi ?

— De magie. De pouvoir.

— Elle adore parler de ces choses, rigola-t-il en soufflant dans mon oreille.

— Elle a dit que mon pouvoir grandit. Que les sorcières comme elle font des sacrifices aux dieux, mais que je suis mon propre sacrifice.

— Tu as sacrifié beaucoup pour nous. Nous te sommes pour toujours redevables.

— Nous sommes en sécurité ? demandai-je en me tournant sur ses genoux.

— Par rapport à la meute de Brenna ? Ou par rapport à la bête à l'intérieur ?

Ragnvald continua avant que je puis trouver une façon de lui révéler que je m'inquiétais pour les deux.

— Ma bête est tout sauf apprivoisée, petite. Et, pour la meute de Brenna, nous marchons sur un chemin fragile, mais il mène vers la paix.

Je posai ma main sur le plat parfait de sa joue, belle et pâle comme si elle était sculptée dans le marbre des dieux.

Yseult avait parlé d'une guerre que seuls les Berserkers pouvaient gagner et qu'elle jouerait un rôle dedans. Si je choisissais de refuser ma place en tant que compagne de mes Alphas, voulait-elle suggérer qu'ils ne gagneraient pas ?

Dans tous les cas, si je partais, je devais me résigner à perdre ces hommes, d'une façon ou d'une autre. C'est une chose de mettre l'amour de côté, c'en est une autre de le perdre pour toujours.

Incapable de regarder la beauté du Viking plus longtemps, je me réinstallai dans ses bras et le laissa simplement me tenir.

— Penses-tu qu'il est en sécurité ?

— Il n'est pas confortable, mais il est en vie, soupira Ragnvald. Ne peux-tu pas le sentir ?

Je fermai les yeux, et quand je me concentrai, une présence remuait dans mon esprit. Comme le fait de savoir que Brenna était en vie, mais plus fort.

— *Maddox*, pensai-je, et la présence s'intensifia. *Yseult dit que j'ai des pouvoirs.*

Je pouvais presque voir son sourire.

— *Je te l'avais dit, petite sorcière.*

Une brise souffla au-dessus du feu, faisant danser les cendres. Ensemble, Ragnvald et moi les regardâmes s'élever vers la lune. Nous restâmes immobiles. Cette nuit-là, nous avions besoin de réconfort tous les deux.

— Il me manque.

CHAPITRE 9

*C*ela nous prit un jour pour marcher jusqu'au Rassemblement et aurait pris plus de temps, mais quand je fus fatiguée, Ragnvald me balança dans ses bras et courut. Alors que la forêt filait à toute vitesse, je saisis des aperçus de guerriers de chaque côté de nous, portant des haches et des épées, et voyageant aussi vite que nous. Quand Ragnvald s'arrêta, ils formèrent un ample cercle autour de nous. La plupart étaient torse nu et ne portaient que des hauts-de-chausses en cuir. Quelques-uns avaient des peaux de loups suspendues sur leurs épaules. Certains étaient sous leur forme de loup.

Je gardai mes yeux baissés et attendis que Ragnvald me mette en laisse, mais il ne prit qu'une bande de cuir et l'enroula autour de mon poignet.

— Ces loups sont plus civilisés, m'informa-t-il. Et, notre meute aussi à présent, grâce à toi.

Il tint le bout de la lanière de cuir attachant mon poignet, pour que je sois tout de même en laisse, mais cela n'était pas aussi humiliant.

— Les autres règles s'appliquent encore, m'avertit-il, et

j'acquiesçai, avide de prouver que je pouvais bien me conduire.

Un acte de défi, un écart, et je pouvais détruire la paix précaire entre les deux meutes.

Ragnvald me conduisit jusqu'à la clairière des pierres debout, semblable à celle que ses hommes avaient érigée à côté du littoral. Chaque pierre était deux fois plus grande que moi, et trois fois plus épaisse. Passant en dessous d'un pont fait de trois blocs de pierre, je réalisai que les Berserkers avaient construit ces formations. Les pierres tiendraient pendant des siècles, une preuve de la force mystique de la meute.

L'autre meute nous attendait à côté d'un feu de camp au centre d'un cercle de pierres. Les flammes lançaient des ombres sur leurs visages. La lune prêtait également sa lumière argentée.

Un sentiment d'oppression roula sur moi alors que nous faisions face à la meute ennemie, comme si le mauvais sang entre les deux clans alourdissait l'air.

Je suivis Ragnvald, au milieu d'un nœud serré de guerriers. Trois guerriers ennemis sortirent de la masse de loups sinistres, pour nous accueillir.

Dans un lourd silence, Ragnvald s'arrêta à quelques pas du triangle en approche. Ils semblaient attendre quelque chose. Personne ne parla. Mon corps était tellement tendu qu'un contact le ferait se casser net. Si la meute opposée attaquait, nous mourrions sûrement.

D'un hochement de tête aux trois meneurs, Ragnvald fit un pas en arrière, me révélant à leur meute.

La lourdeur étouffante diminua immédiatement et je pus à nouveau respirer. Je raidis ma colonne alors que tous les loups de la clairière m'étudiaient. Le principal guerrier ennemi, la peau pâle et blond tout comme Ragnvald, mais bien plus large et pas aussi grand, fit un pas en avant, un air amical sur son visage barbu.

— Bienvenu, Ragnvald de Norvège.

* * *

Le premier tour de discussions du Rassemblement se termina peu de temps après le lever de la lune. Les Berserkers de Brenna ne me parlèrent pas directement.

— Par respect pour moi, m'expliqua Ragnvald aussitôt que nous quittâmes l'endroit des pierres. Demain, nous rencontrerons les Alphas en privé, de façon moins formelle. Ils te permettront alors de voir Brenna. De ce que je sais, elle va bien, mais ses compagnons sont très protecteurs.

— Compagnons ?

— Les deux Alphas que nous avons rencontrés.

— Le blond et celui à la chevelure noire ? devinai-je.

Le troisième meneur était le guerrier au visage balafré et à la tête rasée. Wulfgar, ils l'appelaient. C'était un Viking comme Ragnvald, comme la plupart des loups, à part Maddox.

Wulfgar fut celui qui nous conduisit au logement où Ragnvald et moi pouvions passer la nuit. Le reste de la meute avait leur propre feu de camp. La lumière vacilla à travers les arbres et alors que nous approchions la tente, j'entendis une joyeuse clameur, un toast en quelque sorte.

— Votre hospitalité est bien reçue, dit Ragnvald à Wulfgar.

— Nous apprécions ceux qui viennent en paix, répondit le monstre abîmé d'un sourire.

— Ce soir, nous buvons à la paix, demain nous nous engagerons envers elle.

Wulfgar inclina simplement la tête.

Un beau tapis tissé courait entre deux torches, nous

menant à la porte de la tente. Avant que je puisse y entrer, Maddox en sortit.

Son visage paraissait maigre, les yeux plus ombragés, mais son corps restait fort et capable d'attraper facilement mon poids quand je courus et bondis dans ses bras. Alors que Maddox me portait à l'intérieur et laissait le rabat de la tente retomber, j'entendis Ragnvald glousser derrière moi.

À l'intérieur, Maddox m'embrassa avec une telle passion, j'étais sûre d'avoir des bleus le lendemain.

— S'il te plaît, dis-je, luttant déjà contre ma belle toge.

Ça ne serait pas bien qu'elle soit déchirée pour le lendemain, mais je devais le toucher, presser ma chair nue contre lui.

Nous vînmes ensemble aussitôt que Maddox dépouilla ses hauts-de-chausses.

Les doigts de Maddox mordirent mes hanches alors qu'il me positionnait là où il me voulait.

— Sabine, je veux… Je ne peux pas être doux…

— Ne le sois pas…

Je bondis pour prendre ses lèvres et m'exclamai alors que sa bite me transperçait. Mes jambes s'accrochèrent autour de son dos, le forçant à aller plus vite, mon corps s'étirant autour de lui, accueillant la brûlure.

— Quand as-tu eu ça ? demandai-je, caressant sa peau encrée. Je pensais que les corps des Berserkers guérissaient vite. Les as-tu eus avant ou après avoir été… changé ?

— Je me suis endormi pendant la malédiction, et quand je me suis réveillé, j'étais marqué.

Il semblait content d'être étalé sous moi et acceptait mes caresses apaisantes. Les bleus en dessous de ses yeux étaient devenus plus clairs. Je me demandai quelles cicatrices cachait sa peau à la guérison rapide.

— T'ont-ils blessé ? questionnai-je alors que nous n'avions pas encore parlé de l'autre meute de Berserkers.

— Rien de permanent. Ils ont pris leur dette sur ma peau, mais ce n'était pas tant, rien que je ne puisse pas supporter.

— Ragnvald a pris la douleur pour toi, n'est-ce pas ? me rappelai-je en pensant aux airs affligés de Ragnvald autour du feu.

Le silence de Maddox me donna ma réponse.

— Je n'aurais jamais dû les laisser te prendre, déclarai-je en posant ma tête sur sa poitrine et en ravalant un souffle contre des larmes de colère.

— J'y serais allé de toute façon, prononça-t-il en me caressant les cheveux. Tu n'aurais pas pu m'arrêter. La vérité est qu'ils ont été plus gentils qu'ils l'auraient été s'ils ne nous avaient pas vus nous embrasser. Admets-le, sorcière, tu tiens à moi.

— Loup, protestai-je d'un ton plus aiguisé, mais sans vraiment le penser. Tu oublies ta place.

— Toi aussi, observa-t-il en trouvant la bande de cuir que Ragnvald avait utilisé pour me mettre en laisse et l'enroulant autour de sa paume jusqu'à ce que je m'accroche fermement à lui. Sous moi, en t'occupant de ma queue.

Je roulai des yeux et juste comme ça, mes larmes furent parties.

— Tu m'as aussi aidé, continua-t-il d'un ton plus sérieux.

— Quand ?

— Quand tu es venue à ma rencontre, précisa-t-il en tapant sa tempe. Je t'ai entendue. Là. Ça et savoir que tu m'attendais et que je te manquais... j'aurais pu survivre à n'importe quelle torture.

— Tu m'as vraiment entendue ?

Il acquiesça.

— Alors nous partageons un lien ? Est-ce même possible entre une femme et un loup ?

— Pas n'importe quelle femme, expliqua-t-il en roulant pour que je sois sous lui et que j'apprécie les muscles ondulant dans ses bras qui le tenaient au-dessus de moi. J'ai appris beaucoup de ces Berserkers. La déesse de la lune a baissé les yeux sur la terre et a vu que ses enfants, les loups, s'accouplaient trop lentement pour renflouer leurs meutes. Elle a confié l'envoûtement de la Transformation à ses prêtresses, mais la magie a été utilisée à mauvais escient et fut corrompue. Alors elle a installé sa magie profondément dans ses prêtresses les plus dévouées, pures de cœur. Elles peuvent s'unir aux loups et peuvent apprivoiser la bête.

— Les femmes-spae, finis-je.

— Oui. Ce sont les femmes les plus belles et les plus douces. Dociles, soumises, obéissantes.

— Tu devrais trouver une de ces femmes alors, déclarai-je vivement, poussant ses épaules. Elles feront de Ragnvald et toi les compagnons les plus extraordinaires.

Il rigola et ne me laissa pas partir, mais il me retint et fit... d'autres choses. Ragnvald entra après avoir trinqué au feu de camp et ajouta ses propres festivités d'ivrogne à notre mélange. Le ciel était gris de l'aurore avant que nous nous fussions rassasiés les uns des autres et que nous nous allongeâmes dans un enchevêtrement, à moitié assoupis.

— Nous ne chercherons personne d'autre, affirma Maddox en se blottissant dans mon cou. Nous avons celle que nous voulons, juste là.

Nous allâmes tous les trois rencontrer Brenna et ses compagnons en nous tenant les mains. Je me sentis un peu nerveuse en montant le chemin de montagne, mais cela aurait pu être dû au regard insistant de tous les loups assemblés. Les Berserkers montagnards avaient posté des gardes à trois pas à l'extérieur de la grotte où nous devions nous rencontrer.

— La dernière fois que nous sommes venus pour voir Brenna, nous étions sur le point de la voler, murmura Maddox.

Ni lui ni Ragnvald ne semblaient se soucier des coups d'œil de l'autre meute. Ou si c'était le cas, les Alphas ne le montrèrent pas.

— Nous étions désespérés, petite sorcière, grimaça Maddox après que je leur eus envoyé un regard tranchant.

— Les choses ont changé.

D'une main sur mon dos, Ragnvald me guida dans la caverne. Les deux grands guerriers, les deux Alphas étrangers que je reconnus du Rassemblement la nuit dernière, nous attendaient. L'un était assis sur une pierre, sculptée pour ressembler à un trône. L'autre se tenait tel un garde, une main au repos sur son arme. Il n'y avait personne d'autre.

La peur me saisit pendant un instant, cela pouvait-il être une embuscade ? Je sentis mes deux Alphas se raidirent à mes côtés, mais une femme fit un pas de derrière le trône, grande, les cheveux noirs, avec des traits sereins et une cicatrice à sa gorge. Brenna.

Je ne pus m'empêcher de courir à elle, ou elle à moi. Que le protocole soit maudit.

Heureusement, les deux groupes de guerriers s'écartèrent.

Des larmes se pressèrent de mes yeux alors que je l'étreignis. Elle sentait la terre et les épices, la montagne et notre propre odeur familière.

— Je savais que tu étais en vie, chuchotai-je à son oreille et elle se retira pour embrasser ma joue.

Je réalisai que je sentais son ventre entre nous. Nous nous séparâmes et j'étudiai sa forme luxuriante. J'avais été si empressée de voir ma sœur, que je ne l'avais pas remarqué au début.

— Enceinte ? demandai-je avec mes mains, utilisant le

langage privé que nous avions inventé étant enfants, après que l'attaque du loup lui eut pris sa voix.

— Oui, signa-t-elle en retour. De mes compagnons.

Rougissant, elle fit un signe de tête vers les deux guerriers dans son dos. À ma surprise, ils inclinèrent tous les deux la tête dans ma direction.

Mes propres guerriers s'approchèrent assez près pour que je sente leur chaleur.

— Comment c'est possible ? demanda Ragnvald avec de l'enthousiasme pur dans sa voix.

— Les femmes-spae peuvent se reproduire totalement avec les loups, expliqua le guerrier nommé Daegan.

— Qu'elles portent des humains ou des chiots reste à voir, continua l'autre Alpha nommé Samuel, et je détectai une teinte d'inquiétude dans sa voix, pas qu'il nous montre une telle faiblesse.

Le large sourire de Brenna contredit toute peur. Ses compagnons s'avancèrent et l'embrassèrent, un par un, avant de bouger pour accueillir mes Alphas.

J'avalai la boule dans ma gorge.

— Vas-tu bien ? questionnai-je d'une voix qui oscilla sur le dernier mot.

— *Plus que bien,* signa-t-elle en retour. *Je suis heureuse.*

LES COMPAGNONS DE BRENNA nous firent nous sentirent aussi bienvenus qu'ils le pouvaient. Après les salutations, ils nous conduisirent dans une autre grotte, sculptée profondément dans la montagne, avec une longue table disposée pour un festin. Ragnvald et Samuel revendiquèrent les positions les plus dominantes aux extrémités opposées de la table, pendant que Maddox et Daegan faisaient le tour de la pièce comme des gardes. Assises côte à côte au milieu de la table, Brenna et moi les ignorâmes.

— *Que s'est-il passé quand tu as été enlevée ?* demandai-je dans notre langue des signes secrète.

— *De la peur au début, mais ils étaient gentils avec moi.*

Plus j'examinai ma sœur, plus je réalisai que la lueur de ses joues et les étincelles dans ses yeux ne provenaient pas uniquement du bébé qu'elle portait. Elle me l'avait dit depuis le début : elle était heureuse. Même plus, elle était amoureuse de ces hommes. Elle se portait bien ici, sous leurs bons soins.

Après avoir entendu mon histoire, Brenna demanda des nouvelles des jumelles. Elle savait déjà que notre mère et notre beau-père étaient morts.

— *Mes hommes me l'ont dit*, dit-elle. *Ils me protègent, mais ne me cachent pas la vérité.*

Elle sourit, un sourire secret fit écho sur le visage de ses amants.

— *Sabine, qu'est-ce qui ne va pas ?*

— Je suis si contente de savoir que tu es en vie, m'étranglai-je. Tu m'as manqué.

Brenna posa une main sur ma jambe, et je sus que je ne l'avais pas dupé. Un froid silence me recouvrit, bien que je forçasse un sourire sur mon visage. Je n'avais pas réalisé à quel point j'avais espéré avoir une alliée parmi les Berserkers.

J'attendis jusqu'à ce que le repas se termine et que les guerriers aillent d'un côté de la pièce pour parler, nous laissant dans un semblant d'intimité.

— Je ne comprends pas, sortis-je enfin. Comment peux-tu être heureuse ici ?

Je suis en vie pour une raison. Un but.

Elle toucha la cicatrice à sa gorge et mon ventre se serra sous le choc. Brenna n'avait jamais admis le souvenir de ses blessures, de l'attaque.

— *J'attendais ma raison d'être. Je les attendais eux.*

Elle paraissait si contente que je détournai mon regard et fixai le feu.

— Ils m'ont enlevée, commençai-je en listant leurs péchés, et Brenna me coupa d'un geste.

— *Notre beau-père m'a vendue,* soupira Brenna. *Avant ça, il abusait de moi. Je me suis assurée qu'il ne vous ferait jamais de mal de la même façon.*

À ce moment, je sus qu'elle avait demandé sa mort et que les Berserkers avaient écouté.

— *Ils m'ont donné tout ce que j'ai demandé, et plus,* continua-t-elle avec des mouvements gracieux, fluides et passionnés.

— Tu aurais pu revenir et être avec nous.

— *J'ai fait la promesse de rester,* déclara-t-elle avant de faire une pause et de secouer la tête. *Même si je pouvais partir, je ne le ferais pas.*

— Pourquoi ?

— *Je suis amoureuse.*

Elle me prit la main et la pressa, me forçant à lui faire face.

— *Sabine. Après tout ce que nous avons subi, est-ce si effrayant de tomber amoureuse ?*

CHAPITRE 10

*J*e restai silencieuse sur la route du retour. Les hommes me laissèrent faire, après m'avoir rassurée que toutes mes sœurs seraient bientôt réunies à nouveau. Ils pensaient que je pleurais notre séparation, mais j'étais soulagée. J'avais espéré avoir une alliée dans ma colère, dans ma guerre contre mes sentiments. Mais, c'était la façon dont Brenna acceptait son sort dans la vie, qui la rendait meilleure. C'est ce qui lui offrait une paix si profonde.

Mes propres pensées étaient agitées.

Alors que nous approchions de la caverne, je m'arrêtai sur mes pas.

— Sabine ? Quelque chose ne va pas ?

— Enlevez-le, dis-je en griffant l'argent sur ma gorge.

Brenna portait un torque similaire et ses hommes portaient des bagues de bras qui les promettaient à elles.

— Enlevez-le, s'il vous plaît.

J'étais une idiote, tellement stupide. J'avais pensé que si je marchandais, si j'étais transparente, je pourrais m'échapper un jour. Mais, ces Berserkers avaient cherché leurs

LEE SAVINO

compagnes pendant plus d'un siècle. Ils voudraient des enfants et une fois qu'ils les engendreraient, il n'y aurait plus d'échappatoire.

— Sabine ?

Mes doigts arrachèrent le torque.

— Enlevez-le. Enlevez-le. Je ne le veux plus.

Maddox saisit mes mains et Ragnvald l'enleva.

Ma respiration grinça douloureusement au travers de ma poitrine tendue.

— Je suis désolée, leur déclarai-je à tous les deux, ma vision se troubla. Je ne peux pas faire ça.

— Calme-toi, répondirent-ils. Nous ne sommes pas des brutes. Tu peux nous parler.

— Vous ne comprenez pas. Elle était supposée m'aider à vous détester, m'emportai-je et les sentis reculer. Je n'étais pas supposée... Vous voulez que je sois quelque chose que je ne suis pas. Je n'ai jamais accepté d'être votre compagne. D'avoir des enfants... De rester pour toujours.

Je frottai mes yeux jusqu'à ce que je puisse voir leurs visages sombres.

— J'ai fait ça pour vous aider. Par pitié. Rien de plus.

— Sabine...

Ragnvald leva une main et Maddox se retira.

— Tu ne ressens vraiment rien pour nous ?

— Je... Je ne sais pas ce que je ressens. Mais, je ne veux pas ça.

Je fis un signe de la main vers la grotte.

— Je voulais choisir mon propre chemin. Je voulais vivre ma propre vie.

L'image de Brenna, rebondie avec un enfant et ses deux Alphas, s'éleva dans mon esprit et j'espérai que je puisse la faire disparaitre aussi facilement que le torque.

— Vous ne pouvez pas me garder ici, protestai-je en regardant le sol.

162

— Nous pouvons. Mais, nous ne le ferons pas, si tu ne veux pas rester, déclara Ragnvald.

Maddox s'était peut-être changé en pierre pour toutes les émotions qu'il montra. Alors, je pestai contre lui.

— Tu m'as arrachée à ma vie. Je faisais ma propre route. Je ne t'aurais jamais connu. Je ne t'aurais jamais voulu.

Mon estomac se serra à son air blessé.

— Je ne peux pas m'abandonner à vous sans me perdre moi-même.

Il se retourna et continua à marcher, même après que je le rappelle.

— Je suis désolée Maddox, s'il te plaît, suppliai-je en sombrant au sol.

Ragnvald me porta à la caverne et me posa sur le lit où je me laissai pleurer la Sabine qui marchait toujours sur le chemin prudent et ne laissait jamais les limites se rapprocher de son cœur. Cette fille était partie et était morte et j'étais seule sans mes vœux pour me protéger.

— Je veux y retourner.

Je parlai après une après-midi passée dans la grotte, tendue et silencieuse, attendant que la tempête ne passe.

— Je t'ai donné ma parole, soupira Ragnvald. Je ne te garderai pas.

— Mes sœurs…

— Elles doivent rester. Elles seront données aux Berserkers en tant que compagnes.

— Tu donnerais deux jeunes filles à la meute entière ? murmurai-je sous le choc.

— Non, il y aura une grande compétition, des jeux pour que n'importe quel guerrier puisse concourir pour demander leur main en mariage. Le butin reviendra aux vainqueurs.

— Le butin ? Tu parles de mes sœurs, dis-je d'une humeur tranchante.

— Cela ne peut être changé, Sabine. Cela fait partie du

pacte que nous avons fait avec les Alphas de Brenna, mais même si c'était notre décision à nous seuls... la vie que Brenna a avec ses compagnons donne trop à espérer pour notre meute. Nous n'avons jamais pensé que nous pouvions vivre comme des hommes. Nous n'avons jamais pensé...

L'émerveillement fit la guerre au chagrin sur le visage de l'Alpha. Je sentis sa lutte pour traduire ses sentiments en mots.

— Tu nous as donné une raison de sortir de la grotte.

— *J'attendais ma raison d'être*, avait dit Brenna, en écho aux paroles de Maddox et d'Yseult. *Ta destinée.*

— Qu'en est-il de moi ? demandai-je en rassemblant mon égoïsme. Avez-vous discuté de mon sort avec le Rassemblement entier ou juste avec les Alphas et votre meute ?

— Tu nous appartiens et rien qu'à nous, répondit Ragnvald d'une voix aussi tranchante que la mienne. Si nous disons que tu peux partir, tu peux partir.

Me levant, je marchai jusqu'à la limite de la caverne et m'arrêtai net, comme si je portais encore une chaîne.

— C'est à toi de choisir, finit Ragnvald.

Je me mordis la lèvre. Pouvais-je réellement laisser mes sœurs en arrière ?

— Que veux-tu, Sabine ? balança Maddox depuis l'ombre.

Sa voix sévère me dit qu'il contrôlait à peine sa bête.

— Je veux qu'on me rende ma vie. Je veux être libre.

Il avança d'un pas raide, les épaules recroquevillées comme s'il était prêt à s'abandonner à sa forme de loup et à me traquer comme une proie.

— De la liberté, petite sorcière ? Tu nous laisserais en esclave ?

— Je vous ai sauvé de la bête...

— Et pourtant nous sommes encore enchaînés. Par toi. À toi. Et, toi à nous. Parce que nous aimons, nous ne serons jamais libres.

— Je ne vous aimerai jamais, crachai-je.

La main de Maddox saisit ma gorge au collier.

— Maddox recule, prévint Ragnvald.

Le doré dans les yeux du guerrier tatoué me dit que sa bête était proche. J'attendis qu'il me fasse remarquer le mensonge, mais il fit simplement tomber sa main.

— Alors, pars. Il n'y a rien pour toi ici.

* * *

JE PLEURAI un peu alors que j'emballais mes affaires, mais n'hésitai pas.

— Je suis prête, informai-je Ragnvald et il se leva du feu.

Maddox avait à nouveau disparu.

— Je t'escorterai aussi loin que je peux. Après, il sera sûr pour toi de marcher. Les Berserkers sont les bêtes les plus craintes sur cette île et tu portes notre odeur.

Nous marchâmes en silence jusqu'à l'extrémité du territoire des Berserkers. Je pensai à toutes les choses que je pourrais dire, mais finalement rien n'expliquerait mon égoïsme. Je me demandai si je reverrais un jour mes sœurs. Une partie de moi s'en fichait. Partir parut aussi difficile que de se couper un membre. Mon esprit et mon cœur furent tiraillés d'une souffrance plus profonde encore.

Je repris du poil de la bête quand nous arrivâmes à une colline surplombant des terres que je reconnus. Ragnvald s'arrêta.

— Il y a la route, indiqua-t-il en pointant la route fréquentée. C'est aussi loin que je vais.

— Dis à Maddox… me forçai-je à sortir les mots. Dis-lui que j'ai dit au revoir.

Ragnvald fit une pause comme s'il attendait que j'en dise plus. Quand je ne le fis pas, il soupira et frotta l'arrière de son cou, ressemblant moins à un conquérant Viking qu'à un garçon qui avait grandi trop grand et trop tôt.

— Il ne voulait pas t'enlever.

— Quoi ?

— La meute l'a forcé à le faire. Il t'a enlevée pour leur bien et pour le mien. S'il n'en tenait qu'à lui, il serait mort volontiers, plutôt qu'empiéter sur ta vie et ta liberté.

Il le dit sans jugement, mais je ressentis le poids de ses mots de la même manière.

Il me tira dans une forte étreinte.

— Rentre chez toi, Sabine.

Son pouce caressa ma lèvre et quand il recula, il portait une fois de plus l'assurance froide d'un chef.

* * *

J'ALLAI À LA MAISON. La cabane puait la vieille fumée et les joncs, et était remplie de feuilles sèches. Je passai les quelques premiers jours à nettoyer, ainsi qu'à m'occuper de mon jardin. La plupart de mes herbes étaient mortes, comme si c'était ma présence, pas juste la terre, le soleil et la pluie, qui les faisait bien pousser.

J'évitai le village, et bien que je cherchai de la nourriture dans la forêt, je ne retournai pas au petit bois.

Lors de la troisième nuit, je revins d'une longue journée à amasser de la nourriture et trouvai des présents sur le perron de devant : trois perdrix mortes et du bois pour le feu. Je cherchai, mais ne pus trouver aucune trace d'un visiteur jusqu'à la nuit suivante, quand j'aperçus un loup noir se glisser entre les arbres sur le chemin.

— Non, dis-je d'un ton sec et utilisai mon bâton de marche pour secouer le maquis. Maddox. Sors.

Une brise souleva mes cheveux et envoya des picotements

le long de ma colonne. Maddox sortit vêtu uniquement d'un pagne, ses tatouages étalés dans toute leur splendeur.

Mon corps eut mal à cette vue, avant de me rappeler que je ne pouvais m'autoriser à le désirer.

— Que fais-tu là ? demandai-je d'une voix sévère.

Il me fixa un temps et je me souvins que cela prenait un moment pour que la parole revienne. Il avait probablement vécu comme un loup pendant des jours.

— Tu dois partir, dis-je. J'ai fait un choix. Je ne vous veux pas.

Quand il put finalement parler, je ne pus à peine comprendre sa voix grinçante.

— Tu penses que tu as choisi la liberté. Ce n'est pas si facile.

— Bien sûr que si. Tu es venu et as ruiné ma vie. Maintenant tu pars et tu me laisses.

Mes mains firent un geste pour le chasser et je criai quand il les saisit dans une poigne de fer. Je luttai, mais il s'approcha jusqu'à ce que je sente sa parfaite odeur sauvage et arrête de lutter.

— Et qu'en est-il des hommes qui te regardent ? Qu'en est-il du prêtre qui veut ta mort ? Il ne peut contrôler ton pouvoir et ne peut permettre l'existence de quelque chose de plus fort que sa foi.

Maddox me secoua.

— Qui te protégera quand ils viendront avec des cordes pour t'attacher et des torches pour le feu ? Je n'attendrai pas pour regarder des hommes te détruire, car ils ne peuvent pas te posséder. Sans mentionner ma propre meute…

Il termina d'un gémissement enragé.

— Ta propre meute… quoi ?

Cette fois, il fit un pas en arrière, sa tête baissée.

— Ils ont menacé de te ramener à nouveau. Ragnvald peut

les contrôler, mais je resterai avec toi et tuerai quiconque essaiera de briser notre vœu de te libérer.

— Je suis désolée.

Pourrais-je dire assez ces mots pour expier mon égoïsme ?

— Je dois être fidèle à moi-même.

— Je comprends, dit-il en laissant tomber mes mains. J'ai renoncé à la meute et te surveillerai pour le reste de ma vie.

— Mais tu es un loup. Sans la meute… tu mourras.

Il resta tout de même à côté de moi et je ne pus résister. Je touchai sa mâchoire, remarquant finalement les profondes ombres, les lignes de tension dans les collines et les creux de son visage parfait. Maddox ferma les yeux comme si mon contact le brûlait et l'apaisait, en même temps.

— Oui. Je t'ai donné ta liberté.

Il fit un brusque mouvement de recul, s'éloignant de moi.

— C'est tout ce que tu m'autorises à te donner.

Avant qu'il ne marche vers la forêt, je courus après lui.

— Maddox… attend. Ragnvald m'a dit que tu ne voulais pas m'enlever au début. Est-ce vrai ?

— Ça l'est. J'allai le laisser mourir, nous laisser tous mourir. Tu étais innocente. Tu n'avais rien fait pour mériter la vie maudite que nous vivons. La meute a menacé de venir te chercher. Ils t'auraient enlevée de toutes les manières et mes bonnes intentions auraient été pour rien.

Je couvris la distance entre nous et saisis son bras.

— Pourquoi ne me l'as-tu pas dit ?

Ses épaules se soulevèrent de tension.

— Est-ce que ça aurait fait une différence ? J'ai pris la décision finale de t'enlever. Je m'en fichais que c'était contre ta volonté. Je me suis endurci pour ne pas m'en soucier.

— *Menteur*, voulus-je dire. Pourquoi es-tu toi-même venu pour moi ?

Il perdit ou gagna, la bataille contre sa bête et se tourna totalement vers moi.

— Parce que je ne pouvais pas permettre à quelqu'un d'autre de te toucher. Sabine…

Il ne m'embrassa pas, mais partout où ses doigts me frôlèrent, ils laissèrent une traînée de feu. Le désir se déversa en moi, prenant le dessus.

— Non, protestai-je en m'écartant d'un coup sec. Je ne peux pas faire ça.

Me retirant dans ma cabane, je fermai la porte avant qu'il ne puisse suivre.

Je n'ai pas demandé ça, je me dis violemment. J'avais droit à ma liberté.

— En plus, chuchotai-je pour moi, faisant les cent pas devant un feu glacial. L'amour affaiblit une femme.

La nuit tomba, et avec elle, la pluie. Je ne pouvais oublier l'image d'un loup noir comme la nuit se tenant à l'autre bout du chemin, protégeant mon abri, les yeux à moitié fermés contre le vent.

L'amour affaiblit un homme.

Quand l'aube vint, je sortis en marchant. Je n'avais pas mangé ou dormi et le loup non plus, car il leva immédiatement la tête quand je marchai vers lui, le bâton de marche dans une main, un sac d'herbes dans l'autre.

— Mène-moi à Ragnvald.

CHAPITRE 11

L'Alpha était assis dans l'embrasure de la grotte, à moitié dans l'ombre. Il leva les yeux comme si je m'étais éloignée juste un instant. Mon corps entier me faisait mal suite à mon long pèlerinage, mais j'accueillis la douleur.

— Je veux une maison, balançai-je. La mienne avec des portes que je peux fermer. Quiconque souhaite rentrer devra toquer et je choisirai quand je les laisserai entrer.

— Je suppose que nous pouvons faire tout ça, répondit Ragnvald.

— Merci.

Une légère brise ébouriffa ses cheveux et les miens, comme si la forêt soupirait. Quand je regardai en arrière, Maddox se tenait là sous sa forme humaine. La magie de la Transformation laissa un pagne en cuir autour de sa taille et une peau au travers de ses épaules. Il paraissait morne et affamé, et je me sentis coupable parce que c'cst moi qui lui avais fait ça.

— Il ne va peut-être pas être capable de parler pendant un

moment, mais les liens de la meute sont restaurés, m'informa Ragnvald.

Je pris la main du chef blond et tendis mon autre au guerrier tatoué. Maddox embrassa mes doigts et un frisson me traversa.

— *Nos esprits sont liés,* déclara Maddox d'une voix distincte, bien que je ne l'entendisse pas avec mes oreilles. *Le lien d'accouplement est complet. Je ne sais pas quand cela s'est passé.*

— Je pense…, commençai-je. Il a toujours été là. Tu le savais n'est-ce pas ?

Le sourire de Maddox faisait apparaître ses canines.

— Je t'ai entendu depuis le début. Nous avons toujours eu le lien, il n'attendait que moi.

Je plaçai la main de Ragnvald sur ma hanche avant de me tourner vers Maddox.

— Tu aurais donné ta vie pour moi.

— *Sans hésiter.*

Sa main empoigna mes cheveux et les relâcha une seconde après.

— Je mourrais un millier de morts avant de te blesser, me dit-il en retrouvant sa voix.

Je touchai son visage avec émerveillement qu'un tel homme puisse exister.

Derrière moi, Ragnvald se tint et se pressa contre mon dos.

— Reste avec nous, petite sorcière. Ça ne doit pas forcément être pour toujours.

Je souris et me tournai pour toucher à la fois Maddox et Ragnvald.

— Menteur.

Ils me soulevèrent entre eux, chaque mouvement parfaitement synchronisé. Je les laissai me déshabiller et m'allonger, et je les touchai autant que je le pus avant qu'ils n'attachent mes mains derrière mon dos et aillent chercher le fouet.

— Pour nous avoir quittés, stipula Ragnvald en me tenant pendant que Maddox frappait mes seins, encore et encore.

Je hurlai et acceptai la douleur, ressentant le lien entre nous s'ouvrir plus largement après chaque coup. Avec des doigts astucieux entre mes plis, Ragnvald fit partir le mal grâce à un plaisir grimpant. Quand mon orgasme atteignit le sommet, Maddox forma une boucle autour de mon cou avec le cuir et me tira en avant, au-dessus de lui. Sa bite me transperça facilement et je le montai avec uniquement le claquement humide de mon excitation entre nous.

— Tu réalises que tu ne peux pas revenir en arrière à présent, expliqua Maddox alors que ses mains saisissaient mes hanches d'une force douloureuse. Je me fiche de ce que dit Ragnvald. Tu essayes de t'échapper et je te traînerai par les cheveux pour te ramener.

— Tu peux essayer, loup, rétorquai-je en lui montrant mes dents.

Il me heurta de l'intérieur, des poussées brutales qui me firent crier. Je hurlai plus fort quand Maddox ralentit.

— Reste tranquille, Sabine.

Les hommes m'inclinèrent en avant et Ragnvald facilita l'ouverture de mon trou inférieur d'un doigt enrobé d'huile.

— Alors nous te prendrons complètement et te ruinerons pour quiconque d'autre, déclara Ragnvald, un doigt baisant mon trou du derrière.

Je me sentis remplie, tellement délicieusement complète avec Maddox encore à l'intérieur.

— Tu ne voudras jamais partir.

Grognant, je me repoussai sur ses doigts alors qu'il en ajoutait un second, un troisième et finalement mit sa queue dans mon étoile de derrière. La brûlure, alors qu'il poussait en moi, fusionna avec la piqûre à vif du devant. Je m'écriai et leurs mains me bercèrent.

— Donne-nous ta douleur, ma douce, chuchota Ragnvald.

Alors que Maddox se soulevait pour m'embrasser, je sentis le lien s'ouvrir encore plus et le dard tranchant disparaitre, éliminé par le courant nous liant. Alors que j'étais ouverte entre eux, je sentis une douce palpitation, mais je ne sus pas si cela me fit mal ou me donna du plaisir. Cela prit en intensité et je griffai l'épaule de Maddox en panique.

— C'est ça. Tiens-toi à moi.

— Cède, Sabine et prends ton plaisir.

Ils commencèrent à bouger, en poussant en avant dans un rythme parfait. Un cri commença bas dans ma gorge alors que je me balançais entre eux.

— Trop ? murmura Maddox.

Je l'agrippai plus près.

— S'il vous plaît. Plus vite, plus fort.

Ils me firent plaisir et je me perdis dans leurs mouvements, me noyant dans la joie accablante que je ressentais sur le lien. J'étais moi-même sans l'être vraiment, un affluent chargeant un plus grand océan fait de nos trois âmes. Je l'agrippai plus fort.

— *Tu ne te perdras pas*, me dirent-ils. *Nous ne le permettrons pas. Tu es Sabine et tu es nôtre.*

— *Dis nos noms*, ordonna Ragnvald.

Je haletai, incapable de trouver ma voix.

Maddox se souleva et m'embrassa, et je goûtai mes propres larmes.

— *Pas comme ça, petite sorcière. Parle-nous depuis ton cœur.*

— *Maddox. Ragnvald*, murmurai-je d'esprit à esprit en trouvant le chemin entre nous.

— *Encore.*

De retour sur la terre, ils accélérèrent leurs poussées dans mon corps et la sensation qui s'était construite entre nous menaçait de nous fracasser en petits morceaux. Je chuchotai leurs noms encore et encore, une litanie qui nous tint ensemble.

— *Maddox. Ragnvald.*

— *Mienne*, répondirent les guerriers et firent sombrer leurs dents dans mon cou.

Je hurlai de joie et le plaisir explosa sur le lien, chaque parfait moment à pleurer suivi par un autre, des étoiles dans une large constellation couvrant un nouveau monde, un endroit où je pourrais vivre pour toujours, avec mes hommes.

— Tu savais que cela allait arriver, murmurai-je à Maddox, bien, bien plus tard, alors que nous étions posés dans les bras les uns des autres.

— Tu savais que si tu m'enlevais, je tomberais amoureuse de vous. Admets-le, loup.

Il prit ma main et la posa sur son cœur.

— Chut. Repose-toi maintenant, petite sorcière. Nous nous querellerons à ce propos dans la matinée.

Je m'endormis avec ses doigts recourbés en moi.

Une lune plus tard, je me tenais sur le seuil de ma nouvelle maison, construite à partir de rondins massifs taillés par des mains de Berserkers.

— Et le lit est là, désigna Maddox, me guidant en passant une pierre géante de la cheminée, qui faisait la moitié d'un mur.

— Nous l'avons construite nous-mêmes. Personne de la meute ne le touchera jamais.

Un grand arbre se tenait au centre de la cabane. Des mains minutieuses y avaient sculpté une tête de lit dans le tronc vivant et les branches formaient une voute. Je traçai les runes inscrites dans l'écorce.

— Cela te va-t-il, petite sorcière ?

Incapable de parler, j'acquiesçai.

— Alors nous allons te laisser apprécier ta nouvelle maison, déclara Ragnvald en échangeant un sourire avec son frère d'armes.

Une fois que je les raccompagnai, je fermai la lourde porte, faite de rondins deux fois plus longs et trois fois plus grands que moi. Me reposant dessus, j'attendis.

Le coup vint quelques secondes plus tard et parut si fort, qu'il secoua mon corps à l'endroit où j'étais appuyée contre le bois.

D'un sourire, j'ouvris la porte pour mes deux guerriers et fit un geste majestueux de la main pour les inviter à entrer.

LA SAGA DES BERSERKERS

Vendue aux Berserkers
Unie aux Berserkers
Imprégnée par les Berserkers (disponible seulement pour les
extraordinaires fans se trouvant sur la liste d'envoi de Lee
https://geni.us/BredBerserkerFR)
Prise par les Berserkers
Donnée aux Berserkers
Revendiquée par les Berserkers
Sauvée par les Berserkers
Capturée par les Berserkers
Kidnappée par les Berserkers
Liée aux Berserkers
La Nuit des Berserkers

L'Héritage des Berserkers
Possédée par les Berserkers

Apprivoisée par les Berserkers
Maîtrisée par les Berserkers

LES GUERRIERS BERSERKERS

Ægir (auparavant intitulé *Le Loup de Mer*)
Siebold

À PROPOS DE L'AUTEUR

Lee Savino a l'intention de conquérir le monde, mais la plupart du temps, elle n'arrive même pas à trouver ses clés ou son téléphone, alors elle préfère encore rester chez elle et écrire des romances smexy (smart + sexy). Elle adore le chocolat, passe sa vie en pantalon de yoga et porte les chapeaux comme personne.

Pour de bonnes tranches de rigolade, rejoignez son groupe sur Facebook en anglais, Goddess Group, ou rendez-vous sur **https://geni.us/BredBerserkerFR** pour vous inscrire à sa news-letter et recevoir un livre gratuit.

Site web : www.leesavino.com
Facebook Goddess Group :
https://www.facebook.com/groups/LeeSavino/

TOUJOURS PAR LEE SAVINO

Romance contemporaine

Bad Boy Royal

Je ne suis pas du tout en train de tomber amoureuse de mon arrogant et agaçant dieu du sexe de patron. Non. Absolument pas.

Royally Fake Fiancé

Le duc de Nouvelle-Arcadie a un problème d'image que seule une fiancée peut régler. Et je suis la petite veinarde qu'il a choisie pour jouer les Cendrillons.

La belle & les bûcherons

Après cette saison au camp des bûcherons, j'arrête complètement de baiser. Parce que : j'ai mes raisons.

Papa à moi

Mon héros marin sexy veut que je l'appelle « papa »...

* * *

Romance paranormale

La Saga des Berserkers

Vendue aux Berserkers

Rien ne pourra empêcher ces féroces guerriers de revendiquer leur compagne.

Alpha Bad Boys

Le Tentation de l'Alpha avec Renee Rose

Mon loup veut la marquer et en faire sa compagne, mais elle est humaine et délicate : elle ne survivrait pas à une morsure de métamorphe.

COPYRIGHT DU TEXTE